PRENDS GARDE, DIANE !

Titres de la collection

MYSTÈRE #2

PRENDS GARDE, DIANE !

Ann M. Martin

Adapté de l'américain par
Sylvie Prieur

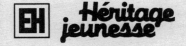

Données de catalogage avant publication (Canada)

Martin, Ann M., 1955-

Prends garde, Diane!

(Les Baby-sitters. Mystère; 2)
Pour les jeunes.
Traduction de: Beware Dawn!

ISBN: 2-7625-7662-8

I. Titre. II. Collection: Martin, Ann M., 1955-
Les baby-sitters. Mystère; 2.

PZ23.M37Pr 1994   j813'.54   C94-940173-0

Beware, Dawn!
Copyright © 1991 by Ann M. Martin
publié par Scholastic Inc., New York, N.Y.

Version française:
© Les éditions Héritage inc. 1994
Tous droits réservés

Dépôts légaux: 1er trimestre 1994
Bibliothèque nationale du Québec
Bibliothèque nationale du Canada

ISBN: 2-7625-7662-8   Imprimé au Canada

LES ÉDITIONS HÉRITAGE INC.
300 Arran, Saint-Lambert (Québec) J4R 1K5
(514) 875-0327

*L'auteure remercie chaleureusement
Ellen Miles
pour sa contribution à
la préparation du manuscrit.*

1

Peux-tu trouver un soulier, maintenant ?

Jean commence à feuilleter son cahier rapidement, cherchant une image de soulier.

Aujourd'hui, je garde chez les Hobart et Jean, le plus jeune (quatre ans), et moi jouons à « Trouve l'image » dans son cahier d'activités. Assis sur les marches du perron, il examine attentivement chaque page jusqu'à ce qu'il trouve l'image désirée et s'écrie avec fierté : « Je l'ai trouvée ! »

J'adore garder les enfants. Ils ont tous des personnalités et des goûts différents et il faut beaucoup d'expérience pour savoir ce qui plaît à l'un et à l'autre. Je dois dire que j'ai beaucoup d'expérience et que garder des enfants est l'un de mes passe-temps préférés.

D'ailleurs, je connais six autres filles qui

partagent cette passion. Nous avons même formé un club : le Club des baby-sitters. Mais je vous en dirai davantage à ce sujet un peu plus loin. Je vais d'abord commencer par me présenter. Je suis Diane Dubreuil, j'ai treize ans et je fréquente l'école secondaire de Nouville, au Québec.

Je n'ai pas toujours vécu au Québec. Figurez-vous que j'ai grandi en Californie ! Ça, c'était avant le divorce de mes parents. Mon père est resté en Californie et maman est revenue vivre à Nouville, sa ville natale, avec ses deux enfants, mon frère Julien et moi.

Naturellement, maman n'a pas eu de problème d'adaptation. Moi, ça m'a pris un peu de temps à m'habituer à ce nouvel environnement. D'autant plus que je n'avais pas encore tout à fait « digéré » le divorce de mes parents. Quant à Julien, il n'a jamais réussi à s'adapter. En fait, il détestait tellement Nouville qu'il est retourné en Californie vivre avec mon père. Je ne suis pas très heureuse que notre famille soit ainsi déchirée, mais comme c'était pour le bien de Julien, alors…

Toutefois, n'allez pas croire que je suis seule avec maman. Voyez-vous, peu de temps après son retour à Nouville, maman a rencontré son ancien amoureux, celui qu'elle fréquentait pendant ses études secondaires. Ils ont donc commencé à se revoir… et se sont finalement mariés. Le plus beau de l'histoire, c'est que j'ai maintenant un beau-père (Richard Lapierre) et une demi-sœur. Mais le plus épatant, c'est que ma demi-sœur est aussi ma meilleure amie !

Bien sûr, au début de cette nouvelle relation familiale, il a fallu faire quelques mises au point. Mais maintenant, nous formons une famille très heureuse, Richard, maman, Anne-Marie, son chat Tigrou et moi.

Ça alors, comment en suis-je rendue à parler de Tigrou alors que je vous entretenais de ma garde chez les Hobart. Heureusement, seul Jean requiert toute mon attention. Jacques et Mathieu, huit et six ans, s'amusent dans la cour avec des amis et Benoît, l'aîné, étudie à la bibliothèque… avec Marjorie Picard, une de mes amies et membre du CBS. Je crois qu'il y a une petite étincelle entre ces deux-là. N'est-ce pas excitant ?

Pendant que Jean cherche l'image d'un gâteau de fête dans son cahier, je jette un coup d'œil sur les jeunes qui jouent au soccer dans la cour. Outre Jacques et Mathieu, il y a Nicolas Picard, le frère de Marjorie, et Jonathan Mainville, un petit garçon que je garde souvent. Il y a aussi Zachary Lafleur et Michel Thouin, deux jeunes du voisinage que je connais moins bien. Sans être de mauvais garçons, Zachary et Michel ont la réputation de s'amuser aux dépens des enfants qui sont «différents». Christine a déjà eu un démêlé avec eux parce qu'ils se moquaient d'une enfant autistique.

Formant un cercle, les garçons se renvoient le ballon en faisant des jeux de pieds compliqués. Soudain, Jacques manque son coup et envoie le ballon derrière lui, hors du cercle.

— Qu'est-ce que tu fais, espèce de stupide croco? crie Michel.

— Je t'ai déjà dit de ne pas m'appeler comme ça, répond calmement Jacques.

— Ouais, ouais. Excuuuuse-moi. Maintenant, va chercher ce ballon!

— Ouais, dépêche-toi donc, croc… heu, Jacques, ajoute Zachary.

Je secoue la tête. Je croyais que les enfants s'entendaient bien, mais il semble que Michel et Zachary n'ont pas perdu l'habitude de malmener Jacques et Mathieu.

Voyez-vous, les Hobart sont Australiens. C'est pour cette raison que Michel et Zachary leur donnent ce surnom de croco. Ils ont vu le film Crocodile Dundee et ils pensent tout connaître de l'Australie! Mais les jeunes Hobart en ont marre de se faire taquiner sur leur accent (en Australie, ils fréquentaient une école française, mais ils ont tous conservé un petit accent de leur pays) et leurs habitudes. Quoi qu'il en soit, ils se sont vite intégrés aux jeunes et d'après ce que je peux voir, il n'y a que Michel et Zachary qui persistent à les agacer.

Je me demande pourquoi les enfants sont parfois si méchants entre eux. Je pense que dans la plupart des cas, les petites brutes sont des enfants qui ont des problèmes et qui se défoulent sur les autres. C'est comme mon frère Julien. Sans être une brute, il a eu des problèmes de comportement lorsque nous sommes arrivés à Nouville. Au début, nous ne pouvions nous expliquer son attitude. Puis, nous avons compris qu'il agissait ainsi parce qu'il était malheureux ici, à Nouville. Il a changé du tout au tout le jour où maman a pris la décision de le renvoyer en Californie. Alors lorsque j'ai affaire à des enfants un peu difficiles, je me rappelle que leur comportement traduit peut-être un problème personnel.

Bon, voilà que ça recommence. Jacques, le visage rouge comme un coquelicot, serre les poings tandis que Zachary et Michel le traitent encore une fois de « stupide croco ». Cette fois, ça suffit.

— Zachary Lafleur ! Michel Thouin ! dis-je

d'un ton ferme. Vous allez arrêter vos méchancetés, tout de suite ! C'est bien compris ?

Les deux baissent la tête et affichent une mine repentante pendant environ deux secondes. Puis, la partie de soccer reprend. Je me rassois en secouant la tête. Malheureusement, je ne peux pas faire grand-chose à ce sujet.

— Alors, Jean, comment ça va ?

— Super ! répond-il. J'ai trouvé toutes les images, sauf une. Il me manque juste la corneille. Je sais que je peux la trouver si j'essaie très fort, ajoute-t-il, la tête dans son cahier.

Quelle détermination ! Étant moi-même une personne déterminée, je comprends Jean. J'aime faire les choses à ma façon et je ne me laisse pas facilement influencer par l'opinion des autres. Par exemple, je ne suis pas vraiment la mode. Je porte toujours mes cheveux sur mon dos (les coiffures extravagantes, non merci pour moi) et je porte des vêtements dans lesquels je me sens à l'aise. J'aime les couleurs vives et les tenues sport. Mes amies disent que j'ai un style californien.

Si mes vêtements ne sont pas excentriques, je me permets quelques petites folies avec les bijoux. Par exemple, j'ai deux trous dans chaque oreille et je m'amuse à faire toutes sortes de combinaisons de boucles d'oreilles. Je me démarque aussi de la majorité des jeunes de mon âge sur le plan de la nourriture. Je déteste la camelote alimentaire. Pour moi, le tofu et les fèves germées sont mille fois meilleures que des croustilles au vinaigre ou des petits gâteaux roulés.

Une autre de mes préférences ? J'adore les histoires de fantômes. Et si je vous disais qu'il y a peut-être un véritable fantôme qui habite dans ma maison ! En effet, celle-ci abrite un passage secret et toutes sortes d'histoires circulent au sujet de ce passage. J'ai aussi entendu des bruits bizarres…

— Diane ! Peux-tu me donner un petit coup de main, s'il te plaît ?

C'est madame Hobart qui arrive, les bras chargés de sacs d'épicerie.

— Bien sûr, dis-je en me précipitant vers elle.

— Comment ç'a été aujourd'hui ? demande-t-elle en gravissant les marches du perron.

— Très bien. Jean a trouvé plein de choses dans son cahier d'activités. Et Jacques et Mathieu ont joué dans la cour tout l'après-midi.

— Ils semblent avoir du plaisir, remarque madame Hobart en regardant ses fils s'envoyer le ballon.

— Oui, ils se sont bien amusés. Toutefois, je

voulais vous dire qu'ils se font encore agacer. Michel et Zachary les appellent encore « crocos ».

— Ah, je croyais que c'était terminé tout ça, soupire-t-elle. Je vais devoir intervenir. Je ne sais pas trop ce qu'il faut faire avec ces garçons, mais il est certain qu'ils doivent en finir avec ces insultes.

Nous déposons les sacs à la cuisine, puis je l'accompagne à la voiture pour aller chercher les autres. C'est à ce moment que Benoît et Marjorie arrivent.

Ils forment un joli petit couple tous les deux avec leur tignasse rousse et leurs lunettes. J'essaie de ne pas trop les dévisager pour ne pas embarrasser Marjorie.

— Je vais t'aider, dit Benoît en me prenant le sac des mains. Marjorie, tu veux prendre une collation avec nous ? Je suis certain que maman nous a préparé un petit quelque chose.

Je remarque que Marjorie rougit en acceptant son invitation. Je pense qu'elle le trouve de son goût ! Aussitôt que madame Hobart m'a payée, je saute sur ma bicyclette, pressée de rentrer à la maison pour raconter à Anne-Marie les derniers développements de « l'affaire Benoît et Marjorie ».

Lorsque j'arrive à la maison, Anne-Marie est au salon, en train de s'amuser avec Tigrou.

— Devine qui étudiaient ensemble à la bibliothèque, aujourd'hui, dis-je, impatiente de potiner.

— Qui? fait Anne-Marie en continuant à jouer avec Tigrou.

— Benoît et Marjorie!

— Vraiment? demande Anne-Marie en levant la tête. Hum, Cupidon semble faire du bon travail. Comme c'est romantique, soupire-t-elle, les yeux pleins d'eau.

Ça, c'est Anne-Marie tout craché. Elle est tellement sensible qu'elle pleure même en écoutant une publicité de la compagnie de téléphone où un papa utilise l'interurbain pour souhaiter bonne nuit à son petit garçon. Mais c'est précisément cette sensibilité qui en fait une aussi bonne amie. Anne-Marie sait écouter et trouve toujours un bon mot pour vous encourager ou vous réconforter.

Anne-Marie a perdu sa mère alors qu'elle n'était encore qu'un bébé. Son père l'a élevée seul, très sévèrement. Par exemple, la pauvre Anne-Marie devait s'habiller comme une fillette et porter des tresses jusqu'à très récemment. Elle était si timide et si réservée qu'elle n'osait même pas contester tous les règlements qu'il avait édictés. Cependant, elle commence à s'affirmer, tant avec son père qu'avec son copain, Louis Brunet. N'est-ce pas bizarre qu'Anne-Marie, la plus timide de toutes mes amies soit la seule à fréquenter un garçon? Même s'ils traversent actuellement une mauvaise période, je pense qu'ils demeureront toujours de bons copains, qu'ils sortent ensemble ou non.

Pendant que nous sommes assises, là, Anne-Marie et moi, à regarder les cabrioles de Tigrou, je pense à mes amies du Club des baby-sitters.

Pour commencer, il y a Christine, l'autre grande amie d'Anne-Marie. Elles se connaissent depuis toujours et habitaient l'une à côté de l'autre. À cette époque, Christine vivait avec sa mère, ses deux grands frères, Charles et Sébastien, et son petit frère, David. Mais la vie

de Christine a changé et sa famille est maintenant beaucoup plus nombreuse. Voyez-vous,
son père a abandonné sa famille alors que
David avait quelques mois à peine. Plusieurs
années plus tard, madame Thomas a rencontré
et épousé Guillaume Marchand, un véritable
millionnaire ! Et lorsqu'ils se sont mariés, toute
la famille de Christine a déménagé ses pénates
dans le manoir de Guillaume, à l'autre extrémité de la ville.

Guillaume, qui est divorcé lui aussi, a deux
enfants de son premier mariage : Karen et
André. Christine les adore et attend toujours
leur visite (une fin de semaine sur deux) avec
impatience. Christine adore aussi Émilie, la
mignonne petite Vietnamienne que Guillaume
et madame Thomas ont adoptée. Et puis,
Christine s'entend à merveille avec Nanie, sa
grand-mère, qui vit maintenant avec la famille
pour prendre soin d'Émilie. On peut donc dire
que c'est une grosse maisonnée, surtout si on
ajoute Bou-bou, le vieux chat grincheux, et
Zoé, le chien.

Christine est parfaitement à l'aise au milieu
de toute cette action. Contrairement à Anne-
Marie, elle est directe et assurée. Mais physi-
quement, Christine ressemble à sa meilleure
amie. Les deux ont les yeux et les cheveux

bruns et sont petites pour leur âge. Toutefois, tandis qu'Anne-Marie s'intéresse peu à peu à la mode, Christine n'a aucun intérêt pour cela. Elle est heureuse avec ses éternels jeans, son chandail à col roulé et ses espadrilles.

Tout le contraire de Claudia Kishi, qui a grandi dans la même rue que Christine et Anne-Marie. Claudia est la fille la plus excentrique que je connaisse. Elle a un sens incroyable du style et des couleurs, et tout ce qu'elle porte lui va à merveille. Il faut dire que Claudia est tellement belle qu'elle paraîtrait bien même si elle se taillait une robe dans un sac à ordures ! Elle est d'origine japonaise et elle a de magnifiques yeux en amande et de longs cheveux noirs et soyeux. Parfois, je lui envie son air exotique.

Claudia a de la créativité à revendre. Elle sait peindre, dessiner, sculpter et fait même ses bijoux. Les beaux-arts sont sa grande passion. Si elle mettait autant d'énergie dans ses études que dans ses cours d'arts plastiques, elle serait probablement première de classe. Mais je suppose qu'elle considère qu'une première de classe par famille suffit et elle laisse cet honneur à sa sœur Josée-le-génie.

Outre les arts, Claudia adore les friandises et les romans policiers. Comme ses parents n'approuvent ni l'une ni l'autre de ces habitudes, elle cache ses gourmandises et ses polars partout dans sa chambre.

La meilleure amie de Claudia est Sophie Ménard. Elles partagent les mêmes goûts pour la mode. Cependant, Sophie ne peut pas se permettre de manger n'importe quoi, contrairement à Claudia. En effet, elle est diabétique et doit s'astreindre à une diète très sévère. Elle doit même se donner des injections d'insuline tous les jours ! J'en serais incapable. Mais Sophie accepte sa maladie en philosophe. Elle sait bien que si elle ne fait pas ce qu'il faut, elle tombera gravement malade.

Sophie a grandi à Toronto. Elle suit la mode de très près et porte ses cheveux blonds de toutes sortes de façons. Elle a la permission de se maquiller, ce qu'elle fait avec goût et discrétion.

Ses parents sont divorcés et son père habite toujours à Toronto. Sophie aurait pu rester avec lui, mais elle a pensé qu'elle serait plus heureuse à Nouville, avec sa mère. Être une enfant du divorce, ce n'est pas facile (j'en sais quelque chose). Mais Sophie apprend à vivre avec cette situation et elle va visiter son père aussi souvent qu'elle le peut.

Christine, Anne-Marie, Claudia et Sophie ont treize ans, comme moi, et sont en deuxième année secondaire. Mais le Club compte aussi deux membres plus jeunes : Marjorie Picard (future petite amie de Benoît Hobart) et Jessie Raymond. Elles ont onze ans.

Marjorie est très mûre pour son âge et je pense que c'est parce qu'elle est l'aînée d'une famille nombreuse. Elle a *sept* frères et sœurs : Antoine, Bernard, Joël (des triplets), Vanessa, Nicolas, Margot et Claire. Vous vous doutez bien qu'il y a beaucoup d'action dans cette maison. En fait, lorsque madame Picard doit faire garder tous les enfants, elle retient les services de *deux* membres du Club des baby-sitters.

Le grand drame dans la vie de Marjorie, c'est que ses parents, même s'ils la considèrent très mature et lui confient beaucoup de responsabilités, « refusent de la laisser grandir ». En effet, monsieur et madame Picard, comme beaucoup de parents d'ailleurs, ne sont pas prêts à voir leur petite fille passer de l'enfance à l'adolescence. Marjorie a tout de même fini par obtenir la permission de se faire percer les oreilles. Cependant, elle ne peut pas s'habiller comme elle en a envie et elle devra attendre encore avant d'avoir des lentilles cornéennes. Je pense que Marjorie ne s'en ferait pas tant au sujet de ses lunettes si elle ne devait pas aussi porter un appareil orthodontique.

Marjorie adore la lecture et se défend pas mal

en dessin. Elle espère devenir auteure et illustratrice de livres pour enfants.

Jessie Raymond est la meilleure amie de Marjorie. Elle aussi se passionne pour la lecture et souhaite que ses parents la laissent grandir. Voilà leurs points en commun. À part cela, mentionnons que Marjorie est blanche et que Jessie est noire. Il y a très peu de Noirs à Nouville et quand les Raymond ont emménagé, ils n'ont pas été accueillis à bras ouverts. Mais maintenant que les gens ont appris à les connaître, les choses vont mieux. Jessie a une adorable petite sœur et un mignon petit frère.

La passion de Jessie, c'est le ballet. D'ailleurs, elle possède un talent inouï. Je l'ai vue danser lors de spectacles présentés par son école de danse. Elle envisage une carrière de ballerine et je suis persuadée qu'elle fera parler d'elle.

— N'est-ce pas, Diane?

La voix d'Anne-Marie me tire de ma rêverie. Clignant des yeux, je la regarde.

— Quoi?

— Ne trouves-tu pas que Tigrou est le chaton le plus mignon de la planète? demande-t-elle, tout en caressant Tigrou qui ronronne comme une tondeuse à gazon.

— Absolument, dis-je. Et je suis fière d'être la grande amie de sa maîtresse, ajouté-je en souriant.

CHAPITRE 3

Allez, Marjorie, raconte ! dit Claudia.

Mince ! On peut dire que la nouvelle s'est répandue comme une traînée de poudre. Nous sommes dans la chambre de Claudia pour une réunion du CBS. Quelques jours seulement se sont écoulés depuis ma garde chez les Hobart, mais tout le monde sait déjà que Marjorie et Benoît étaient ensemble à la bibliothèque.

— Quoi ? fait Marjorie en rougissant. Il n'y a rien à dire.

— Rien ? Est-ce que ça signifie vraiment rien ou est-ce que ça signifie : « Je ne veux rien vous dire », demande Claudia en faisant de gros efforts pour cacher son sourire.

— Allez, Claudia, laisse-la tranquille, intervient Christine. De toute façon, c'est l'heure de commencer la réunion. À l'ordre !

Christine s'appuie contre le dossier du fauteuil et relève sa visière. Comme nous gardons toutes le silence, elle se met à tambouriner sur le bras du fauteuil avec un crayon.

— Alors pas de questions relatives au Club ? Eh bien dans ce cas, peut-être que Marjorie pourrait nous faire part des dernières nouvelles, ajoute-t-elle avec un sourire en coin.

— Je savais que tu étais aussi curieuse que nous ! clame Claudia.

Christine est certainement curieuse de savoir ce qui se passe entre Benoît et Marjorie. Elle aime bien ce genre de potins, même si elle ne s'intéresse pas vraiment aux garçons. Mais à bien y penser, je crois qu'elle a un petit faible pour un certain Marc qui habite dans son quartier.

Toutefois, elle n'a pas l'habitude de laisser les potins avoir le dessus sur les affaires du Club. En tant que présidente, elle prend son rôle très au sérieux et c'est l'une des raisons de notre succès. Nous dirigeons le Club comme une entreprise sur laquelle les clients peuvent compter.

L'idée de fonder ce Club est de Christine, d'où son titre de présidente. Christine a toujours toutes sortes d'idée géniales ! Voici comment ça s'est passé. En première secondaire,

Christine et ses frères gardaient David quand madame Thomas travaillait ou sortait. Cependant, il arrivait parfois que les trois soient occupés en même temps et madame Thomas devait alors trouver une gardienne. Un après-midi, alors que madame Thomas faisait appel sur appel et désespérait de trouver quelqu'un, Christine a eu une idée de génie.

Imaginez le soulagement d'un parent s'il n'avait qu'un seul numéro de téléphone à composer pour rejoindre tout un groupe de gardiennes ! Il y en aurait forcément une qui serait disponible sur tout le lot. Je ne sais pas si madame Thomas a fini par trouver une gardienne ce jour-là, mais ce que je sais, c'est que le Club des baby-sitters était lancé.

Christine a fait part de son idée à Anne-Marie et Claudia qui ont été emballées. Claudia a suggéré que Sophie, sa nouvelle amie, fasse partie du groupe elle aussi. Puis lorsque je suis arrivée à Nouville, je suis devenue membre du Club. Jessie et Marjorie ont été recrutées un peu plus tard.

D'ailleurs, au moment où je vous parle, ces deux-là sont prises de fou rire. En fait, elles rient tellement qu'elles ne peuvent plus s'arrêter. Et comme c'est contagieux, en moins de quelques secondes, le rire a gagné tout le groupe.

— Pourquoi rit-on au juste ? demande Sophie entre deux hoquets.

— Je ne sais pas, dis-je, mais je parie que c'est relié à Benoît.

Jessie hoche la tête tout en se tenant les côtes.

— Vincent, l'ami de Benoît, m'a dit que celui-ci trouve que Marjorie est une «bonzer sheila».

— Une quoi ? demande Claudia.

— Est-ce que c'est un compliment au moins ? dis-je en même temps.

— Oh, oui ! C'est une expression employée en Australie pour désigner une jolie fille qu'on trouve de son goût.

— Chut ! fait Marjorie en donnant un coup de coude à Jessie.

— Mais j'ai juste dit que…

Jessie est interrompue par la sonnerie du téléphone. Je crois que je devrais vous dire ce que nous faisons pendant ces réunions. Nous attendons les appels des clients. Ceux-ci savent que pour réserver nos services, ils doivent nous téléphoner entre dix-sept heures trente et dix-huit heures, les lundis, mercredis et vendredis. Il faut préciser que nous ne monopolisons pas la ligne d'un parent en particulier, car Claudia possède sa propre ligne téléphonique. C'est aussi pour cette raison que nous nous réunissons dans sa chambre et qu'elle est vice-présidente du Club. Comment avons-nous recruté nos clients ? En faisant de la publicité. Et puis des clients satisfaits ont parlé de nous à leurs amis et le succès est venu très tôt.

Quoi qu'il en soit, en entendant le téléphone, Christine s'empresse de répondre.

— Club des baby-sitters, bonjour !... Mardi, à quinze heures ? Je suis certaine que nous pouvons vous accommoder. Pour combien d'heures ?.... C'est parfait... Oui, il vaut mieux que Jonathan sache que nous le ferons souper.

En entendant le nom de Jonathan, nous savons que madame Mainville a besoin d'une gardienne pour son fils de quatre ans et Laurence, le bébé.

— D'accord, je vous rappelle dans quelques minutes, dit Christine. Mardi, de quinze heures à vingt et une heures, chez madame Mainville, ajoute-t-elle à l'intention d'Anne-Marie en raccrochant.

Anne-Marie consulte l'agenda. En tant que secrétaire, elle inscrit les horaires de chacune (leçons de ballet de Jessie, cours d'arts plastiques de Claudia, parties de balle molle de Christine...), les gardes, et les coordonnées des clients.

— Jessie et Marjorie ne peuvent pas, vu que

c'est un soir de semaine, dit Anne-Marie.

Jessie fait la grimace. Elle et Marjorie ne sont pas autorisées à garder en soirée, sauf s'il s'agit de leurs frères et sœurs. C'est pour cela qu'on les appelle membres juniors. Toutefois, elles prennent les engagements en après-midi et les fins de semaine, ce qui nous libère pour les soirées.

— Christine, continue Anne-Marie, tu gardes déjà chez les Seguin. Claudia a des cours d'arts plastiques. Il reste donc Sophie, Diane et moi.

— Je vous la laisse, dit Sophie. J'ai déjà plusieurs autres engagements.

— Tu veux qu'on tire à pile ou face? me demande Anne-Marie.

— Non, dis-je. Prends cette garde. Je sais que tu t'amuses toujours beaucoup avec Jonathan et Laurence. De toute façon, j'ai un gros travail d'histoire à terminer.

Et voilà, c'est réglé! Christine rappelle madame Mainville pour lui dire qu'Anne-Marie sera chez elle, mardi. C'est ainsi que ça fonctionne pour l'attribution des gardes.

La semaine prochaine, nous saurons comment s'est déroulée la garde chez les Mainville car Anne-Marie aura fait son compte rendu dans le journal de bord. Il s'agit d'un cahier dans lequel nous consignons toutes nos expériences de garde, ainsi que toute information que nous jugeons d'intérêt pour le Club. Le journal de bord fait l'unanimité : on déteste écrire dedans, mais on trouve que c'est très utile.

Vous vous demandez probablement quelles sont nos fonctions à Sophie et à moi. Sophie est la trésorière. Elle comptabilise les gains de chacune, perçoit les cotisations une fois par semaine et est responsable de la petite caisse. Ce qui veut dire que si on veut organiser une petite fête entre nous et se payer une pizza, il faut d'abord que Sophie vérifie si nous avons suffisamment de fonds.

L'argent de la petite caisse sert aussi à payer les services de Charles qui voiture Christine aux réunions depuis qu'elle habite à l'autre bout de la ville. Et puis il nous faut aussi de l'argent pour approvisionner nos trousses à surprises. Qu'est-ce que c'est que ça ? demanderez-vous. Une autre idée de Christine. En fait, les trousses à surprises sont des boîtes que nous avons décorées et remplies de babioles intéressantes pour les enfants : livres, jouets et jeux, cahiers à colorier, autocollants, etc. Quant à moi, je suis membre suppléante. Cela signifie que je peux assumer les fonctions de tout membre qui ne peut assister aux réunions pour telle ou telle raison. Par exemple, c'est moi qui ai occupé le poste de trésorière pendant que Sophie était retournée vivre à Toronto. (Comme je n'aimais pas particulièrement cette tâche, c'est avec joie que j'ai remis les cordons de la bourse à Sophie à son retour à Nouville.)

Le Club compte aussi deux autres membres. Cependant, ils n'assistent pas aux réunions. Ce sont nos membres associés Chantal Chrétien (une amie de Christine) et Louis Brunet (oui, oui, le copain d'Anne-Marie!). Ils nous dépannent quand nous avons trop d'engagements.

— Hé, Jessie? demande Claudia pendant que nous avons un moment de répit après plusieurs appels. Comment déjà Benoît a-t-il appelé Marjorie?

— «*Bonzer sheila*», répond Jessie en pouffant de rire. En argot australien, *bonzer* veut dire super, magnifique, du tonnerre. Et *sheila* veut dire fille. C'est ainsi qu'ils appellent les femelles kan...

Soudain, Jessie éclate de rire sans pouvoir terminer.

— Essaies-tu de nous dire que *sheila* est un mot qui désigne la femelle du kangourou? demande Claudia, les yeux écarquillés. Je n'en crois pas mes oreilles, éclate-t-elle à son tour. Benoît traite Marjorie de kangourou et c'est un compliment!

Naturellement, nous sommes toutes tordues de rire, y compris Marjorie qui est devenue écarlate dès que nous avons recommencé à parler de Benoît. Nous rions tellement fort que Christine est obligée de crier à tue-tête pour annoncer la clôture de la réunion.

CHAPITRE 4

Au revoir, Diane ! Amuse-toi bien, me lance Christine.

Elle sort faire du magasinage avec sa mère et c'est moi qui garde ses frères et sœurs.

— Salut, Christine ! crie Karen. N'oublie pas ma surprise !

— Je n'oublierai pas, répond Christine en souriant.

— Moi aussi, je veux une surprise ! crie David.

— Moi aussi ! ajoute André.

— Aussi, aussi ! crie Émilie qui n'a aucune idée de ce qui se passe.

— Vous allez tous avoir quelque chose, les rassure Christine. Mais ne vous attendez pas à ce que je vous rapporte un Nintendo ou une maison de Barbie !

— La dernière fois, elle m'a rapporté de

jolies barrettes, me confie Karen les yeux brillants. Christine est la meilleure grande sœur du monde !

— Et elle pense que tu es la meilleure petite sœur du monde, dis-je. Bon, les amis, c'est l'heure de la collation. Allons donc voir à la cuisine ce qu'il y a à se mettre sous la dent.

Pendant que je fouille dans le garde-manger, les enfants s'installent à table et Émilie grimpe dans sa chaise haute. Finalement, je sors une boîte de bâtonnets au fromage et je l'apporte à la table.

— Sers-toi, dis-je à Karen, puis passe la boîte à la ronde.

— C'est pas comme ça qu'on mange les bâtonnets au fromage, me dit-elle avec un drôle d'air.

— Ah non ?

— Non. D'habitude, on a chacun un petit bol. Puis, on compte les bâtonnets pour être sûrs que tout le monde a le même nombre. Ensuite, on fait un concours pour savoir qui mangera le plus lentement.

— Je vois, dis-je.

Je répartis donc les bâtonnets au fromage dans quatre bols que je dépose sur la table. Chacun les compte avec soin (Karen compte ceux d'Émilie) puis on s'échange les bols et on recommence le comptage. Enfin, lorsqu'ils sont certains que tous ont un nombre égal de bâtonnets, le concours commence.

Mais cette fois, David décide de lancer un nouveau concours.

— Combien de bâtonnets peux-tu mettre dans ta bouche en même temps ? demande-t-il à Karen en commençant à en enfourner. Un, deux, twois, quatte, finc, fix, fept...

— David ! dis-je. Arrête tout de suite.

Il a les joues aussi rebondies qu'un écureuil et j'ai peur qu'il s'étouffe.

— Ce n'est pas une bonne idée de concours. Continuez à manger lentement et dites-moi plutôt ce qu'il y a de neuf.

— Baigneur et Nageur vont se marier ! annonce Karen.

— Se marier ? !

Il faut vous dire que Baigneur et Nageur sont des poissons rouges. De simples poissons rouges qui nagent dans leur bocal à longueur de journée. Mais Karen les aime beaucoup et elle a aussi l'imagination très fertile.

— Si on passait à la salle de télévision ? Vous pourrez m'en dire davantage sur ce mariage, dis-je lorsque les enfants ont terminé leur collation.

Nous allons donc nous y installer. Assise sur

le canapé avec Émilie sur les genoux, j'écoute distraitement le babillage de Karen. André vient de trouver un avion en plastique et s'amuse à courir autour de la pièce en imitant un bruit de moteur. David est… Mais où est David?

— Diane! fait une voix dans l'embrasure de la porte.

Levant la tête, j'aperçois David avec un appareil photo.

— Souris! dit-il avant de m'aveugler avec le flash.

— Qu'est-ce que tu fais?

— Chut, dit-il en regardant la photo se développer sous ses yeux. Je veux être sûr que ça fonctionne.

Mais qu'est-ce qu'il fabrique?

— Je pense que c'est une très belle photo, dit-il en me la remettant.

Belle? On dirait que je viens d'apercevoir un fantôme. Karen s'approche et jette un coup d'œil.

— C'est vrai que tu es bien là-dessus, Diane.

— Ça va faire une bonne photo pour le journal, déclare David. Enfin, si tu gagnes.

— Le journal? Si je gagne quoi? Auriez-vous l'obligeance de me dire de quoi vous parlez.

— C'est un concours, annonce David. À

l'école, quelques élèves ont décidé d'organiser le concours de la « Gardienne du mois ». Si tu gagnes, on enverra ta photo au journal, ajoute-t-il avec un grand sourire.

— Ça alors, c'est génial ! dis-je. Comment allez vous *choisir* la Gardienne du mois ?

— On vote, répond-il. Madame Mainville, la maman de Jonathan, nous aide à tenir les élections. C'est la gardienne la plus amusante, la plus gentille et la plus responsable qui gagnera.

Hum. Je crois que je me suis montrée gentille et responsable jusqu'ici. Cependant, je sais que je suis loin d'être amusante aujourd'hui. En effet, je tombe de sommeil. Je me suis couchée trop tard hier soir.

— Je pense que c'est un concours extrêmement intéressant, dis-je en redressant les épaules. Alors, qu'est-ce qu'on fait ? On ne va pas rester assis toute la journée ! Qui veut jouer au Grand Hôtel ?

— Moi ! Moi ! crie Karen en levant les bras.

Le Grand Hôtel est son jeu préféré, probablement parce qu'elle l'a inventé. L'action se déroule dans le hall d'entrée d'un gros hôtel. L'un des joueurs fait le réceptionniste qui accueille les clients tandis que les autres joueurs se déguisent et font leur entrée à tour de rôle.

— Le Grand Hôteeeel ! chante Karen en dansant dans la pièce avec Émilie.

Celle-ci rit de plaisir alors que Karen la fait tournoyer. André les regarde en souriant.

— Karen, je ne veux pas faire le chien ! Compris ? crie-t-il.

Le pauvre André se retrouve toujours avec des rôles insignifiants parce qu'il est le plus jeune et se met en colère chaque fois que Karen lui attribue le rôle du chien d'une vieille dame riche.

— D'accord, André ! crie Karen. Émilie sera le petit chien.

Je suis heureuse que mon idée soit accueillie avec autant d'enthousiasme. Il est certain que ce concours de gardienne du mois obligera les baby-sitters à se creuser les méninges pour trouver des activités intéressantes et amusantes. Cependant, je remarque que tous mes jeunes protégés ne sont pas emballés à l'idée de jouer au Grand Hôtel. David se tient sur le seuil de la porte, l'air boudeur.

— Je déteste ce jeu stupide. C'est pour les bébés, lance-t-il.

— Mais non, dis-je. Je vais jouer et j'ai treize ans. Je ne suis pas un bébé.

— Eh bien, c'est ennuyeux. On fait toujours les mêmes personnages. Madame Mystérieuse, monsieur Tête de crapaud…

— Que dirais-tu d'inventer de nouveaux personnages ? Viens ici, David. On va faire un plan, dis-je en l'invitant à s'approcher.

— Prêts à commencer ? lance Karen. Je vais aller me déguiser. David, tu seras le réceptionniste.

— Un instant, Karen ! dis-je. David et moi avons notre mot à dire. Nous pensons que c'est à ton tour de faire la réceptionniste.

— Mon tour ? ! fait Karen en écarquillant les yeux. Mais…

— Pas de mais. David jouera seulement si c'est toi la réceptionniste.

— Bon, d'accord, fait Karen avec un haussement d'épaules.

Sur ce, elle se précipite au salon, prend un agenda et un crayon sur le bureau de Guillaume ainsi qu'une petite cloche en porcelaine sur le manteau de la cheminée. Ensuite, elle s'installe derrière une table basse et organise son «bureau de la réception».

J'emmène David et André dans la salle de jeu où nous fouillons dans le coffre à déguisements. Le premier invité est facile à costumer. Comme David porte des jeans et un T-shirt, je roule ses manches pour lui donner une allure de dur et je glisse un foulard rouge dans sa poche arrière. Puis, nous redescendons. David se rend à la réception et fait sonner la clochette.

— Bonjour ! Puis-je vous aider ? demande Karen.

— Ouais. Je suis Rock LaBine, le célèbre chanteur rock, glousse David. Je veux réserver un étage au complet pour moi, mon gérant et mes amis.

— Rock LaBine ! pouffe Karen. Bien sûr, monsieur LaBine. Si vous voulez signer le registre.

L'invité suivant, André, est un grand joueur de base-ball. Ensuite, je me déguise en Ladonna, une chanteuse pop très connue. Karen et David se tordent de rire. Nous jouons ainsi tout l'après-midi et lorsque je les quitte, David me confie que je suis sa gardienne préférée. Je retourne à la maison, heureuse et confiante d'être élue Gardienne du mois.

CHAPITRE 5

Rock LaBine ? fait Jessie. Tu as de ces idées ! s'exclame-t-elle en riant.

Toutes les baby-sitters sont dans la chambre de Claudia pour la réunion du lundi. Claudia est occupée à tresser les cheveux de Sophie tandis que nous parlons de Rock LaBine tout en grignotant des bretzels.

— Vraiment, ce n'est pas sérieux, les filles, fait soudain Christine, l'air maussade. Vous n'avez pas de questions relatives aux affaires du Club ?

— Eh bien, c'est lundi, et vous savez toutes ce que ça signifie, lance Sophie après quelques secondes.

Bon, c'est le jour des cotisations. Sophie sort l'enveloppe de la petite caisse en affichant un large sourire pendant que nous ronchonnons. Sophie adore percevoir l'argent. Et nous, inutile de dire que nous détestons en donner. À tour de rôle, nous déposons notre cotisation dans l'enveloppe sous le regard scrutateur de Sophie. Puis, lorsque l'enveloppe lui revient, elle compte tout l'argent de la caisse en trois secondes et pousse un gros soupir de satisfaction.

— Hum, nous sommes riches !

Le téléphone sonne alors et c'est elle qui décroche.

— Club des baby-sitters, bonjour !... Oh, bonjour madame Savard... Vendredi de la semaine prochaine ? Aucun problème. Je vous rappelle dans quelques minutes. Au revoir.

— Christine, ce sera l'une de nous deux, déclare Anne-Marie qui a déjà ouvert l'agenda. Vas-y donc, puisque les Savard habitent dans ton quartier.

— D'accord, répond Christine. Je m'entends très bien avec William et Mélanie. Et puis Ariel est si mignonne.

Christine rappelle donc madame Savard pour lui dire qu'elle ira garder chez elle. Puis, elle raccroche et nous regarde une à une.

— Bon, les filles, si on parlait de ce concours de la Gardienne du mois.

Je me demandais quand on allait aborder le sujet. Je sais que tout le monde est au courant car la nouvelle s'est répandue très vite.

— Je pense que c'est vraiment très gentil de la part des enfants d'organiser un tel concours, dit Anne-Marie. Ne trouvez-vous pas ?

— Je crois que ce serait tout un honneur de gagner, ajoute Jessie. Cela signifierait que les enfants nous apprécient réellement. J'aimerais beaucoup être gardienne du mois.

— Moi aussi, fait Marjorie.

— Je pense que nous aimerions toutes gagner ce concours, intervient Christine. Ce serait très important pour moi d'être la première à obtenir cet honneur. J'aimerais juste en savoir davantage sur la façon dont nous serons jugées.

— Tu te demandes s'ils vont choisir la gardienne la plus patiente ou la plus gentille ? demandé-je. À mon avis, pour gagner, il faut surtout savoir ce qui fait que les enfants préfèrent certaines gardiennes à d'autres.

— En tout cas, David et Karen t'ont drôlement appréciée l'autre jour, rétorque Christine. David n'arrête pas de me dire que c'était la première fois qu'il s'amusait autant en jouant au Grand Hôtel.

Je rougis. J'espère que Christine n'a pas deviné ce qui m'a *réellement* motivée à rendre le jeu aussi amusant.

— C'est vrai qu'on s'est bien amusés. Je

pense qu'on était tous un peu fatigués de jouer les mêmes personnages.

— C'est ça, réplique Christine. Et la super-gardienne a trouvé une façon de mettre un peu de piquant dans le jeu.

Oh, oh. On dirait que Christine a découvert le pot aux roses.

— Hé, les filles ! intervient Anne-Marie. Qu'est-ce qui vous prend ? C'est beau l'esprit de compétition, mais il ne faudrait pas perdre la tête à cause de ce concours, même si nous voulons toutes le gagner !

— Anne-Marie a raison, déclare Sophie. On doit rester unies. Ça ne mène nulle part de se faire concurrence. Chaque fois qu'on est en compétition les unes contre les autres, on oublie tout le reste : esprit sportif, loyauté et ainsi de suite. On ne pense qu'à une chose : gagner.

— Mais j'aime gagner, remarque calmement Christine.

— Nous aimons toutes gagner, dit Anne-Marie. Mais il est plus important de former une équipe et de nous soutenir mutuellement.

— Exact, de dire Claudia. Rappelez-vous le concours de Jeune Miss Nouville.

Oh non ! J'espérais que personne n'en parlerait. Quel gâchis ! C'est la fois où Claudia, Anne-Marie, Christine et moi avions décidé d'aider quelques-unes des fillettes que nous gardons à participer à un concours de beauté et de talent.

Aucune des fillettes ne tenait mordicus à gagner. C'est nous, les baby-sitters soi-disant matures, qui étions dévorées d'ambition. On se faisait toutes sortes de secrets, on s'espionnait, on ne jouait pas franc-jeu. Chacune était déterminée à voir « sa » protégée couronnée Jeune Miss Nouville. En fin de compte, aucune n'a remporté le titre. C'est une habituée de ce genre de concours qui a gagné. Nos protégées étaient déçues, mais nous, nous étions surtout soulagées que ce concours soit terminé.

— Eh bien, gardons ce concours de beauté en mémoire lorsque nous penserons au concours de la gardienne du mois, conclut Sophie.

— Exact, répond Anne-Marie. Pas de médisance.

— Ouais, ajoute Marjorie. Pas de concurrence déloyale.

— Je suis d'accord, convient Jessie. Pas de propagande.

Une fois de plus, je sens le rouge me monter aux joues. Pourrait-on m'accuser d'avoir fait de la propagande auprès de David, l'autre jour? J'ai certainement fait de mon mieux pour lui prouver que je suis une gardienne amusante, dynamique et créative. Et il n'y a rien de mal à ça. Mais est-ce que j'aurais eu autant d'imagination pour le Grand Hôtel si je n'avais pas entendu parler du concours de la gardienne du mois?

Le téléphone sonne de nouveau et Christine répond. C'est madame Robitaille qui a besoin d'une gardienne pour Jérôme, Stéphane et Augustin. Comme je suis la seule qui soit libre, c'est moi qui hérite de la garde. Je rappelle madame Robitaille pour confirmer que je serai là et en raccrochant, je me surprends à penser à la meilleure façon d'impressionner les jeunes Robitaille. Ils vont sûrement voter, eux aussi.

Oups, c'est vrai. Pas de propagande.

Le téléphone sonne encore à quelques reprises et à la fin de la réunion, nous avons des engagements pour toute la semaine. Lorsque nous retournons à la maison, Anne-Marie et moi, nous pédalons en silence. Ordinairement, nous bavardons et nous rions. Mais ce soir, chacune est perdue dans ses pensées.

— Anne-Marie, dis-je soudain, tu aimerais ça être la Gardienne du mois, n'est-ce pas?

— J'aimerais beaucoup, dit-elle en hochant la tête. Mais seulement si je gagne de façon loyale. J'ai horreur qu'on se fasse concurrence.

— Moi aussi, dis-je. Mais je suis certaine

que ça ne se produira pas puisqu'on en a parlé.
Cette fois, nous allons jouer franc-jeu, ajouté-je
en souriant.

Mais vous savez, je commence déjà à me
demander si c'est vrai.

CHAPITRE 6

Non, non, pas comme ça. *Comme ça !* dit Jeanne en me faisant le mauvais œil. Tu ne sais pas comment changer une couche !

— Bien sûr que je le sais, dis-je, me sentant ridicule d'avoir ce genre de discussion avec une enfant de quatre ans.

Malheureusement, Jeanne semble croire que je ne suis pas assez compétente pour changer la couche de sa sœur.

— Andréa n'aime pas ça quand c'est trop serré, déclare-t-elle en tirant sur l'attache.

Andréa se met aussitôt à pleurer.

— Tu vois ! Elle pleure parce que c'est trop serré.

— Elle pleure parce que tu... Oh, laisse tomber, dis-je.

Je garde chez les Prieur et je ne veux surtout pas me disputer avec Jeanne. Pourquoi ? Parce que, premièrement, Jeanne peut vite devenir impossible et que, deuxièmement, la Gardienne du mois ne se disputerait sûrement pas avec les enfants qu'elle garde. Elle doit se montrer calme et compréhensive. Je laisse donc Jeanne finir de mettre la couche et je lui souris tout en sortant un pyjama.

— Pas celui-là, déclare Jeanne avec autorité. Andréa le déteste. Elle préfère le rose, ajoute-t-elle en sortant un autre pyjama de la commode.

— Il est bien joli, Jeanne, dis-je en serrant les dents. Mais je crois qu'il est un peu trop chaud pour ce soir. Tu ne voudrais surtout pas que ta petite sœur ait trop chaud, n'est-ce pas ?

— Bon, d'accord. Mais c'est moi qui lui mets.

Jeanne me prend le pyjama des mains et commence à entrer les bras d'Andréa dans les ouvertures des jambes.

— C'est beau, Jeanne, dis-je avec *énormément* de patience. Sauf que les bras sont censés aller dans les manches, comme ça. Tu vois ?

— Je sais ça, fait Jeanne d'un air boudeur. Maintenant, il faut la bercer.

— Je sais, dis-je, prenant Andréa dans mes bras pour m'asseoir dans la berçante.

— Tu as oublié sa doudou ! Andréa aime se faire bercer avec sa doudou !

— Tu veux être gentille et me l'apporter ? demandé-je.

— Non ! je veux bercer Andréa. Toi tu vas chercher la doudou !

Ce disant, Jeanne s'installe à côté de moi dans la berçante et me tend les bras pour que je lui donne sa sœur. Au même moment, cette dernière se met à pleurer.

— Bon, ça suffit, dis-je à Jeanne.

Jusqu'à maintenant, j'ai fait preuve d'une patience d'ange. Mais là, j'en ai par-dessus la tête. Jeanne est en train de me rendre complètement dingue.

— Je veux que tu ailles m'attendre en bas pendant que je mets Andréa au lit.

— Non ! fait Jeanne, les poings sur les hanches.

— Oh oui. Et pas de discussion, dis-je avec fermeté. Allez, ouste.

— Est-ce que je peux au moins embrasser Andréa ?

Jeanne embrasse tendrement sa sœur sur le front et sort de la chambre la tête haute. Enfin tranquille, je peux commencer à bercer le bébé. Zut ! Le téléphone.

— Jeanne ! Jeanne ! Peux-tu répondre s'il te plaît ?

Jeanne se décide à répondre car la sonnerie s'interrompt. Cependant, elle ne vient pas me dire qui a téléphoné. Lorsque Andréa s'est endormie, je la dépose dans son lit et je vais retrouver Jeanne qui dessine au salon.

— C'est un beau dessin, dis-je en regardant son œuvre.

Pas de réponse.

— Qui a téléphoné tantôt?

— Personne, daigne répondre Jeanne sans me regarder.

— Comment ça, personne? dis-je.

— Il n'y avait personne quand j'ai dit « Allô ».

— Tu en es sûre?

— Oui, dit Jeanne. Il n'y avait personne.

Je ne sais trop que penser. Jeanne me dit-elle la vérité ou est-elle fâchée contre moi parce que je l'ai envoyée en bas? Comme je veux éviter une autre discussion, je laisse tomber le sujet.

— Tu veux jouer au Labyrinthe?

— Non. Je suis occupée à dessiner.

— Est-ce que je peux dessiner, moi aussi?

— Non. J'ai besoin de tous mes crayons.

Bon, on dirait que je la *dérange*. Elle n'a manifestement pas envie de ma compagnie. Respectant son humeur, je m'installe dans un fauteuil et je feuillette des magazines. Au bout de quelque temps, je regarde ma montre.

— Oups, Jeanne. C'est l'heure d'aller au lit. Viens faire ta toilette.

Heureusement, Jeanne est tellement fatiguée qu'elle ne rouspète même pas. Quelques minutes plus tard, elle est au lit et je crois qu'elle dort déjà lorsque je sors de sa chambre.

Mes devoirs m'attendent sur la table de cuisine. Pouah ! Comme je ne suis pas d'humeur à me plonger dans les décimales et les fractions, je décide d'écrire une lettre à mon frère Julien. J'en suis rendue au post-scriptum quand la sonnette de la porte d'entrée me fait sursauter. Je jette un coup d'œil sur ma montre. Les Prieur auraient-ils décidé de rentrer plus tôt ? Ils ont peut-être oublié leurs clés. Le cœur battant la chamade, je cours jusqu'à la porte d'entrée et je regarde par la fenêtre. Personne.

Mon sang ne fait qu'un tour dans mes veines. D'abord, le téléphone a sonné et, au dire de Jeanne, il n'y avait personne au bout du fil lorsqu'elle a décroché. Et maintenant, on sonne à la porte et c'est l'homme invisible. Je regarde une fois de plus par la fenêtre. Puis, avec beaucoup de précaution, j'entrouvre la porte sans enlever la chaîne. C'est alors que j'aperçois une enveloppe sur le perron !

J'enlève la chaîne, puis je me penche pour prendre l'enveloppe. Je verrouille la porte derrière moi et je retourne à la cuisine. Tâtant l'enveloppe dans mes mains, j'ai un mauvais pressentiment. Finalement, je me décide à l'ouvrir.

Ça alors ! Avez-vous déjà vu, dans des films, les lettres que les kidnappeurs envoient ? Vous savez, elles sont rédigées à partir de lettres découpées dans des journaux ou des revues. Eh bien, c'est à ça que ressemble la lettre que je viens de recevoir. Et voici ce qu'elle dit :

> **Gare à toi ! Et garde le silence. Tu ne m'échapperas pas !**
>
> **Monsieur X**

Un frisson me traverse. Qui a bien pu laisser cette horrible lettre sur le perron ? Inquiète, je monte à l'étage pour m'assurer que les filles sont en sécurité. Les deux dorment paisiblement.

Retournant à la cuisine, je fourre la lettre au milieu de mon livre de maths. J'ai beau être bouleversée, je ne montrerai pas cette lettre aux autres membres du CBS. La Gardienne du mois doit toujours maîtriser la situation et ses gardes doivent se dérouler sans incident. Je ne prendrai pas le risque de mettre quelqu'un d'autre au courant de ce qui s'est passé ce soir.

CHAPITRE 7

— Ya-houuuu !

À califourchon sur un manche à balai, Jérôme agite son chapeau de cow-boy au-dessus de sa tête tout en courant dans la pièce.

CRAC !!!

Oh non ! J'aurais dû me douter qu'un tel jeu entraînerait inévitablement une catastrophe. Jérôme Robitaille, alias le désastre ambulant, attire les dégâts comme un aimant.

En entendant le bruit, je me précipite dans la salle de jeu pour évaluer les dommages. Jérôme est assis par terre, un sourire coquin aux lèvres.

— Tu pensais que j'avais encore cassé quelque chose, hein ?

— Alors, qu'est-ce qui s'est passé ?

— Rien, dit Jérôme. J'ai renversé cette petite table (il désigne une table rouge couchée sur un côté), mais elle ne s'est même pas brisée !

— Super !

Il est évident que les Robitaille n'ont rien de valeur dans la salle de jeu.

— Toutefois, il serait temps de te calmer un peu. Viens donc jouer avec Augustin et moi au salon. On joue au Crocodile.

— Le Crocodile est un jeu de bébé, rétorque Jérôme. Je vais jouer avec Stéphane. Où est-il ?

— Stéphane est en train de faire ses devoirs dans sa chambre, dis-je. Il a besoin de tranquillité. Allez, viens jouer avec Augustin et moi. On va s'amuser.

Comme je pense toujours au concours de la Gardienne du mois, je suis déterminée à amuser les enfants. Contrairement à ce que j'attendais, Jérôme me suit sans rouspéter.

J'aime bien garder les jeunes Robitaille. On ne s'ennuie jamais avec ces trois rouquins espiègles ! Et puis j'aime la compagnie de Stéphane, l'aîné. Il me rappelle mon frère Julien. Augustin est mignon. Quant à Jérôme...

On ne l'a pas baptisé le désastre ambulant pour rien. Par exemple, la première fois qu'une membre du CBS l'a gardé, il a réussi, dans la même journée, à décrocher la tringle du rideau de douche en « faisant des exercices ! », à renverser un verre de jus de raisin sur la moquette du salon, à se prendre la main dans un bocal en vitre, à tomber de sa bicyclette et à déchirer ses jeans !

Malgré tout, c'est aussi un enfant attachant et amusant. Quoi qu'il en soit, nous allons retrouver Augustin au salon et nous commençons à jouer au Crocodile, un jeu qui consiste à arracher les dents d'un crocodile en plastique à l'aide d'une pince jusqu'à ce que l'un des joueurs se fasse « mordre » par l'animal. Les jeunes enfants gloussent de plaisir chaque fois que le croco referme sa gueule. Nous jouons depuis quelques minutes quand le téléphone sonne.

— Allô ? dis-je. Allô ?

Personne. Je raccroche et je vais retrouver les deux enfants. Nous reprenons le jeu, puis le téléphone sonne de nouveau.

— Et zut ! m'exclamé-je. Je reviens dans deux secondes, les gars.

Je me précipite à la cuisine et je décroche.

— Allô ? dis-je avec impatience.

Il n'y a personne à l'autre bout du fil. Soudain, un frisson me traverse. Ai-je affaire au même « Monsieur Personne » que chez les Prieur ? Et si c'est le cas, comment fait-il pour savoir que j'étais chez les Prieur l'autre soir et que je suis maintenant chez les Robitaille ?

Ça y est ! C'est sûrement Alain Grenon, le

gars le plus insupportable de toute l'école. Une fois, avant que je devienne membre du Club, il avait harcelé les baby-sitters pendant des semaines. Il avait fouillé dans l'agenda pour savoir où et quand mes amies gardaient et il avait fait le même genre d'appels. Mais à l'époque, il y avait aussi un cambrioleur, appelé le Voleur Fantôme, qui opérait dans la région. Ce cambrioleur appelait chez les gens pour savoir s'ils étaient à la maison. Quand quelqu'un répondait, il raccrochait. Quand il n'y avait pas de réponse, il s'empressait de dévaliser la maison. Naturellement, Christine, Anne-Marie, Sophie et Claudia étaient terrifiées.

Pour faire une histoire courte, Alain Grenon a finalement été pris en flagrant délit et Christine a découvert qu'il faisait ces appels parce qu'il voulait l'inviter à la danse de l'école mais qu'il était trop timide pour le lui demander. Il avait donc décidé de se rendre intéressant !

Et pour une raison que j'ignore, il remet ça. Au moins, maintenant que j'ai ma petite idée sur l'auteur de ces appels téléphoniques, je ne suis plus terrifiée.

Je suis sur le point de retourner au salon quand on sonne à la porte.

— J'y vais ! crie Jérôme.

J'essaie d'arriver à la porte avant lui, puisqu'une gardienne responsable ne laisse pas un jeune enfant répondre à la porte, mais il a une bonne longueur d'avance sur moi.

BANG !

Jérôme vient de faire tomber la grosse plante verte qui décore l'entrée. Je m'arrête pour remettre le pot debout et Jérôme ouvre la porte.

— Il n'y a personne ! s'exclame-t-il, surpris.

Eh bien, vous savez quoi ? Moi, je ne suis pas surprise.

— Regarde, dit-il en me remettant une enveloppe. C'était sur le paillasson. Qu'est-ce que c'est ?

Au même moment, la sonnerie du téléphone retentit de nouveau.

— Je réponds ! crie Jérôme.

Fourrant l'enveloppe dans ma poche, j'essaie de le devancer. Trop tard. Il répond et d'après son expression, je sais tout de suite qu'il n'y avait personne à l'autre bout du fil.

— Qu'est-ce qui se passe ? demande Stéphane en entrant dans la cuisine. Jérôme a encore fait un dégât ?

— Tout va bien, Stéphane, dis-je.

— Non, il se passe quelque chose de bizarre, intervient Jérôme. Ça sonne à la porte et il n'y a personne. Ensuite, le téléphone sonne et il n'y a personne non plus.

— C'est peut-être un voleur qui surveille la maison, fait Stéphane. J'ai déjà vu ça à la télé…

— Un voleur ! répète Jérôme, les yeux écarquillés. Il faut appeler la police, ajoute-t-il, la main sur le téléphone.

— Hé, hé, du calme, dis-je. Allons rejoindre Augustin au salon et nous parlerons de tout ça.

— Où est la lettre qu'on a reçue ? demande Jérôme en s'assoyant sur le canapé.

C'est vrai. J'avais presque oublié l'enveloppe ramassée devant la porte. Maintenant que Jérôme la mentionne, je réalise que j'aurais préféré ne pas la montrer aux garçons.

— On a reçu une lettre ? fait Stéphane.

— Ouais. C'est peut-être une invitation à une fête d'anniversaire, suggère Jérôme.

Laissant échapper un soupir, je sors l'enveloppe de ma poche et je l'ouvre. Naturellement, c'est un autre message de Monsieur X rédigé à l'aide de lettres découpées.

— « *Je t'ai à l'œil !* » lit Jérôme.

— Wow, ça ressemble aux lettres que les… commence Stéphane.

— Ce n'est rien, dis-je en l'interrompant. Juste une farce de mauvais goût. Un garçon de l'école veut me jouer un tour.

— Es-tu certaine qu'on ne devrait pas appeler la police ? me demande Stéphane en me dévisageant.

— Certaine, dis-je. De toute façon, il est l'heure de vous mettre au lit.

Stéphane semble peu convaincu, mais il m'aide tout de même à coucher Augustin et il enfile son pyjama pendant que Jérôme se brosse les dents. Je borde les deux garçons en m'efforçant de les rassurer car je vois bien qu'ils sont un peu effrayés.

— Vos parents seront bientôt de retour. Vous n'avez pas à vous inquiéter.

Aussitôt redescendue à la cuisine, je sors l'annuaire du téléphone. Je vais lui dire ma façon de penser à Monsieur X ! Je compose le numéro des Grenon et je demande à parler à Alain.

— Alain n'est pas à la maison, répond sa mère.

Ah ! J'en étais sûre. Il s'amuse à sonner aux portes et à faire des conneries au téléphone.

— Il est à une partie de basket-ball, avec son père, ajoute madame Grenon. Je sais qu'ils vont rentrer tard.

Hum. S'il assiste à un match de basket avec son père, il ne peut pas avoir laissé cette enveloppe.

— Est-ce que je peux prendre le message ? demande madame Grenon.

J'hésite pendant quelques secondes, puis, embarrassée au plus haut point, je raccroche sans m'identifier.

— Félicitations, Diane Dubreuil ! C'est malin ce que tu viens de faire, me dis-je à haute voix.

Je n'en sais pas davantage sur Monsieur X. Mais je suis certaine d'une chose, c'est que l'auteur des lettres et l'auteur des appels téléphoniques ne font qu'un.

CHAPITRE 8

Samedi

Il me répugne de l'admettre, mais lorsque les parents établissent des règles, ils ont peut-être de bonnes raisons. En fait, plusieurs des règles sont stupides, comme l'interdiction de porter des mini-jupes ou encore de parler trop longtemps au téléphone. Mais peut-être que la règle nous interdisant de regarder des films d'horreur n'est pas si stupide après tout. Naturellement, je ne l'admet-

trais pas devant eux. Mais
je pense que pour ce qui
est de Becca, la règle
est tout à fait pertinente.
Et peut-être donc mon
cas aussi...

Ce samedi soir, Jessie garde Becca et Jaja.
Elle adore garder sa sœur et son frère,
mais elle n'en a plus souvent l'occasion depuis
que sa tante Cécile habite avec la famille. Au
début, Jessie et Becca pensaient devenir folles :
tante Cécile régentait toute la maisonnée et
traitait les deux filles comme des bébés. Heureusement, elles se sont habituées. Mais je
pense que Jessie se sent encore obligée de
prouver quelque chose à tante Cécile et s'ef-
force de toujours se comporter de façon responsable et mature.

Quoi qu'il en soit, ce soir, tante Cécile est à
l'opéra et les parents de Jessie assistent à une
soirée. Madame Raymond vient d'acheter de
nouveaux sacs de couchage aux filles et Becca
a déroulé le sien au milieu du salon. Elle et Jaja
font du « camping » devant la télé tout en
jouant à la chatouille. Pendant qu'ils ont l'air
de s'amuser ferme, Jessie est occupée à laver la
vaisselle du souper et à ranger la cuisine. Elle a

presque terminé lorsque les rires de Jaja se transforment en pleurs. Manifestement, celui-ci ne s'amuse plus.

Laissant le rangement de côté, Jessie va voir ce qui se passe au salon.

— Je ne voulais pas le faire pleurer, s'excuse Becca avec un air coupable.

— Ça va, répond Jessie. De toute façon, je pense que monsieur Jaja est fatigué.

En effet, ce dernier se frotte les yeux d'une manière qui indique qu'il tombe de sommeil.

— Allez, mon gros, au dodo ! dit Jessie en le prenant dans ses bras.

Elle le monte à sa chambre, change sa couche et lui enfile un pyjama propre. Puis, elle s'installe dans la berçante et commence à fredonner la chanson préférée de Jaja. Mais celui-ci n'arrive pas à s'endormir. Il se frotte les yeux, pleurniche et se tortille sur les genoux de Jessie.

— Becca ! appelle Jessie. Peux-tu m'apporter un biberon d'eau s'il te plaît ?

Becca arrive quelques minutes plus tard avec le biberon.

— Est-ce qu'il s'endort ? demande-t-elle. Il y a un film que je voudrais regarder avec toi et il commence bientôt.

— Je descends dans quelques minutes, répond Jessie. Je vais nous préparer du maïs soufflé et puis on pourra regarder le film ensemble.

— Du maïs ! Youppi ! s'exclame Becca avant de descendre en courant.

Le biberon produit l'effet escompté et bientôt, Jessie dépose Jaja endormi dans son petit lit. Elle lui caresse le dos quelques secondes, s'assure qu'il est bien couvert et se retire sur la pointe des pieds. Becca l'attend à la cuisine.

— J'ai sorti le maïs, l'appareil pour le faire éclater, et même le beurre, annonce-t-elle fièrement.

— Super, fait Jessie. Alors, quel est ce film que tu veux regarder ? demande-t-elle en mettant le maïs dans l'appareil.

— *Le train de la vengeance*, marmonne Becca d'une voix à peine audible.

— Tu veux répéter ? Je n'ai rien entendu, dit Jessie.

— *Le train de la vengeance*, répète Becca plus fort et plus lentement.

— Quoi ? Tu veux plaisanter ! s'exclame Jessie. Ce n'est pas un film pour toi. Tu vas faire des cauchemars pendant des semaines ! Becca, tu sais bien que nous ne sommes pas autorisées à regarder des films d'horreur.

— Juste pour cette fois, supplie Becca. Tous les élèves de l'école regardent des films d'horreur. Même Charlotte en regarde.

— Tu veux me faire croire que madame Jasmin laisse Charlotte écouter des films d'horreur ?

— Pas exactement, mais Charlotte en a tout de même vu quelques-uns. Et elle dit que ça ne fait même pas peur. S'il te plaît, Jessie.

— Je ne pense pas que…

— Charlotte et moi, on a parlé du concours de la Gardienne du mois, dit soudain Becca, changeant de tactique. Je trouve que c'est une idée épatante. Mais je ne sais pas encore pour qui je vais voter, ajoute-t-elle en regardant Jessie du coin de l'œil.

Jessie a compris le message et même si elle sait qu'elle ne devrait pas, elle est incapable de résister à l'appât que lui tend Becca.

— D'accord, dit-elle, pour cette fois. Mais on éteint la télé si ça devient trop terrifiant. Et tu dois promettre de ne rien dire à papa et à maman. Et surtout pas à tante Cécile !

— Promis, juré, craché, une croix sur mon cœur, répond Becca tout excitée.

— Bon, je te fais confiance, dit Jessie en souriant. Aide-moi à apporter tout ça au salon, ajoute-t-elle en désignant les verres de jus, les serviettes en papier et le bol de maïs.

Au début, le film est plus ou moins effrayant et il y a même des scènes comiques. Mais à mesure que l'action progresse, la musique devient plus angoissante et les personnages, plus sinistres. À un moment donné, pendant une scène particulièrement terrifiante, Jessie, qui a les yeux rivés sur l'écran, entend un gémissement. Se retournant, elle aperçoit Becca blottie dans un coin du divan. Elle a les yeux fermés et les mains sur les oreilles.

— Becca! Becca!

Celle-ci ouvre finalement les yeux et regarde Jessie d'un air angoissé.

— Bon, ça suffit! annonce Jessie en éteignant le téléviseur. Je savais que c'était une erreur. Allez, on va se coucher.

Serrant la main de Jessie, Becca monte sans protester.

— Crois-tu que le garçon qui est mort brûlé va sortir de son cercueil pour se venger de la fille? demande-t-elle.

— Non, je suis certaine qu'il est véritablement mort et que la fille ne faisait qu'un mauvais rêve, répond Jessie sans arriver à se convaincre elle-même de cette réponse improvisée.

Il va sans dire que Becca a du mal à trouver le sommeil. Jessie doit lui lire des histoires de princesses et de gentilles fées pendant un bon moment.

— N'éteins pas la lumière, dit finalement Becca avant de fermer les yeux pour de bon. Et laisse la porte ouverte.

Lorsque Becca s'est enfin endormie, Jessie retourne au salon mais se garde bien de rallumer la télé. Elle s'étend plutôt sur le divan, histoire de se relaxer après ce film d'horreur. Mais voilà que la peur s'empare d'elle et pas à cause du film à la télé. Cette fois, c'est elle-même qui devient la victime dans les événements qui vont suivre. La frayeur de Jessie a été telle, qu'elle a préféré garder la chose secrète un bon bout de temps, de crainte de passer pour une fillette.

Elle commence d'abord par recevoir un appel téléphonique comme ceux que j'ai reçus. En effet, lorsqu'elle décroche, c'est le silence à l'autre bout du fil. Puis, dix minutes plus tard, on sonne à la porte. Jessie va ouvrir et trouve… un bouquet de fleurs sur le perron. Vous allez dire qu'un bouquet de fleurs, ça n'a rien de terrifiant. Sauf que ce bouquet n'est qu'un paquet de tiges décapitées de leurs fleurs et qu'il est accompagné d'un message de Monsieur X, naturellement : « Avec les meilleurs vœux de ton admirateur secret. »

Jessie est encore sous le choc quand un cri perçant déchire le silence. Le cœur serré, elle se précipite au deuxième et trouve Becca en pleurs dans son lit. Elle a fait un cauchemar.

La pauvre Becca pleure encore au retour de tante Cécile.

— Que se passe-t-il donc? demande celle-ci.

Sans que Jessie puisse l'en empêcher, Becca raconte qu'elles ont regardé un film d'horreur. À son tour, Jessie relate les événement de la soirée, mais ne fait aucune mention du coup de téléphone et des fleurs mortes. Tante Cécile est furieuse contre Jessie et celle-ci est en colère contre Becca qui n'a pas su garder sa langue. Jessie sait qu'après une telle soirée, ses chances de devenir la Gardienne du mois sont pratiquement nulles.

CHAPITRE 9

Quelques jours plus tard, Marjorie et Anne-Marie gardent les jeunes Picard. Ni l'une ni l'autre n'est au courant de ce qui nous est arrivé, à Jessie et à moi. J'imagine que nous avons toutes deux décidé de garder le silence au sujet de Monsieur X à cause du concours, mais aussi parce que ses tours ne sont pas réellement méchants. Mais j'ai appris par la suite que Marjorie et Anne-Marie ont eu, elles aussi, la visite de Monsieur X. Précisons que ce n'était pas une visite de courtoisie.

Monsieur et madame Picard sont partis depuis environ une demi-heure et nos deux baby-sitters s'occupent de surperviser le repas qui, comme d'habitude chez les Picard, n'a rien de reposant. Les parents ont depuis longtemps compris qu'il ne sert à rien d'établir des règles au sujet de la nourriture dans une famille aussi nombreuse. Les enfants peuvent donc choisir ce qu'ils ont envie de manger et cela évite beaucoup de pleurs et de grincements de dents. Cependant, ce soir, Marjorie a décidé de préparer du spaghetti, le seul mets qui fasse l'unanimité de la petite tribu. Ainsi, pense Marjorie, le repas devrait se dérouler dans le calme…

Mais voilà que chacun exige que son spaghetti lui soit servi à sa manière. J'imagine que dans une famille aussi nombreuse, chacun des membres ressent le besoin d'affirmer ses goûts et sa personnalité. Les triplets, Joël, Bernard et Antoine, veulent manger leur spaghetti dans des bols de céréales et se disputent au sujet de la couleur des bols.

— Je prends l'orange ! clame Antoine.

— Tu as toujours le bol orange ! proteste Joël. C'est moi qui le prends cette fois.

— Moi je veux le bleu, déclare Bernard.

— Le bleu ? J'avais oublié qu'on en avait un bleu, dit Antoine en arrachant le bol bleu des mains de Bernard.

Bernard ouvre la bouche pour protester quand Marjorie intervient.

— Vous allez tous avoir un bol blanc. Maintenant, assoyez-vous et mangez.

C'est ensuite au tour de Vanessa, neuf ans, de faire des caprices avec la vaisselle.

— Mon assiette est ébréchée, dit-elle. Incapable de prendre une bouchée.

Je ne sais pas si je l'ai déjà mentionné, mais Vanessa se prend pour une poétesse et fait des rimes chaque fois qu'elle en a l'occasion. Anne-Marie voit tout de suite que l'assiette n'est pas ébréchée et que ce n'était qu'un prétexte pour une rime. Néanmoins, elle la change.

Nicolas, lui, réclame des baguettes pour manger son spaghetti.

— Mais où as-tu pris cette idée? demande Marjorie en le regardant avec surprise.

— À la télé, répond Nicolas. Ça avait l'air amusant.

Bien que Marjorie doute que Nicolas, huit ans, soit capable de manger du spaghetti avec des baguettes, elle décide de lui faire plaisir. Elle sait que ses parents ont déjà rapporté des baguettes d'un restaurant chinois et se met à ouvrir les différents tiroirs pour les trouver.

Pendant ce temps, Anne-Marie a fort à faire avec Margot qui a des idées bien arrêtées sur la façon de disposer la nourriture dans son assiette.

— Il ne faut pas que la sauce touche à mes spaghettis avant que je les mélange moi-même, insiste-t-elle.

La pauvre Anne-Marie essaie à trois reprises

de servir l'assiette conformément aux exigences de Margot. Finalement, elle abandonne et aide plutôt Margot à se servir elle-même.

Quant à Claire, cinq ans, elle s'amuse à manger ses pâtes une à une en les aspirant, comme le font les triplets. Elle éprouve cependant un peu de difficulté à les piquer avec sa fourchette et elle crie chaque fois : « Viens ici, espèce de nouille ! »

Lorsque tout le monde est enfin servi, Marjorie et Anne-Marie se laissent tomber sur leur chaise en échangeant un sourire.

— Les vers de terre se tortillent, se tortillent, commence à chanter Nicolas.

— Nicolas, il est strictement interdit de chanter des chansons de vers de terre pendant qu'on mange du spaghetti, l'admoneste Marjorie. Tu sais que ça peut rendre Margot malade.

Nicolas entame aussitôt une autre chanson dégoûtante et Marjorie le dispute.

— Nicolas, pas de chansons pendant le repas. Compris ?

— Pas de chanson, pas de chanson, turlute Nicolas.

Joël et Antoine joignent leurs voix à celle de Nicolas et Marjorie est sur le point de perdre son sang-froid quand la sonnette de l'entrée se fait entendre. Saisissant ce prétexte avec joie, elle se lève de table et va répondre à la porte.

Hé oui, vous l'avez deviné. Il n'y a personne. Cependant, Monsieur X a laissé un message qui se lit comme suit : « Si vous aimez votre hamster, gardez un œil dessus. » Au lieu d'épeler le mot œil, l'auteur de cette note a collé une horrible photo d'un globe oculaire strié de veines rouges qui semble fixer Marjorie.

— Aaanne-Marie ? crie-t-elle depuis l'entrée. Pppeux-tu venir ici une minute ?

Anne-Marie va rejoindre Marjorie sans se rendre compte qu'Antoine la suit.

— Regarde ça, dit Marjorie en montrant la note à Anne-Marie. Ce n'est probablement qu'une mauvaise farce, n'est-ce pas ?

Elle ne veut surtout pas qu'Anne-Marie remarque qu'elle est morte de peur. La Gardienne du mois ne se laisserait pas impressionner aussi facilement.

— Tu as certainement raison, répond Anne-Marie d'un ton qu'elle veut calme et raisonnable. Il n'y a pas lieu de s'alarmer. Mais il ne faudrait pas que les enfants voient ça. Ils pourraient avoir peur.

Au même moment, Antoine sort de derrière le porte-manteau et s'empare prestement du message.

— Qu'est-ce que c'est? Je veux voir, dit-il en s'éloignant pour la lire à son aise.

Il blêmit aussitôt.

— Quelqu'un veut faire du mal à Frodo! souffle-t-il. Il faut le protéger.

Et avant même que Marjorie ou Anne-Marie puissent l'en empêcher, il court à la cuisine prévenir les autres.

— Frodo est en danger! hurle Nicolas. Il faut le protéger.

Il file en haut, suivi du reste de la marmaille, et sort Frodo de sa cage.

— Il faudrait le cacher, dit-il.

— J'ai une idée, lance Joël. Mettons-le dans une boîte à chaussures. Comme ça, quand Monsieur X regardera dans sa cage, il ne le trouvera pas.

Il court aussitôt chercher la boîte contenant ses nouvelles espadrilles. Antoine et Bernard l'aident ensuite à percer des trous pour la ventilation. Puis, ils déposent Frodo dans la boîte (sur un linge de vaisselle qui sert de lit) et la cachent sur la plus haute étagère d'un placard.

Anne-Marie et Marjorie les regardent faire, impuissantes. Il n'y a aucun moyen d'empêcher les enfants de « sauver » Frodo. Elles sont donc soulagées quand les triplets décrètent qu'il est en sécurité dans le placard.

Malheureusement, dix minutes plus tard, Vanessa décide que Frodo va s'ennuyer seul dans le noir. Margot a alors l'idée de le cacher dans le four.

— Personne ne pensera à regarder là. Et on pourra le surveiller en jetant un coup d'œil par la vitre.

Cependant, Marjorie rejette cette idée en faisant remarquer que quelqu'un pourrait allumer le four sans penser au hamster à l'intérieur.

— On ne veut pas faire cuire Frodo. On veut le protéger, n'est-ce pas ?

Nicolas pense alors que le meilleur moyen de le protéger serait de le garder sur nous à tour de rôle.

— Comme ça, nous serons sur place si quelqu'un essaie de lui faire du mal, conclut-il.

Toute la tribu se réunit donc au salon pour veiller sur Frodo. Pendant ce temps, Anne-Marie décide de faire le tour de la maison pour s'assurer que toutes les portes et les fenêtres sont bien verrouillées. En ouvrant la porte de derrière pour jeter un coup d'œil dehors, elle a un autre choc. Une souris morte gît près du seuil !

— Marjorie ! Regarde, dit-elle lorsque celle-ci arrive en courant. Penses-tu que c'est un avertissement ? J'ai peur, ajoute-t-elle, maintenant incapable de cacher sa frayeur.

— Je ne sais pas, répond Marjorie. Moi aussi, je commence à avoir peur. Mais il ne faut pas que les enfants se rendent compte de nos craintes. Et puis, la souris a peut-être été déposée là par un chat.

Prenant un balai, elle pousse le cadavre dans un buisson. Anne-Marie et Marjorie passent une soirée plutôt mouvementée. Comme Frodo n'est pas dans sa cage, il s'échappe de sa boîte et se perd non pas une fois, mais deux fois, causant la panique générale. Mais finalement, les filles réussissent à mettre les enfants au lit et la maison a retrouvé son calme au retour de monsieur et madame Picard.

Après une longue discussion, Anne-Marie et Marjorie conviennent de ne pas mettre les autres baby-sitters au courant des événements de la soirée, se disant qu'il n'y a aucune raison d'effrayer tout le monde pour rien. Après tout, cette histoire n'est probablement qu'une farce de mauvais goût.

Lorsque Anne-Marie rentre enfin à la maison, je dors déjà. Elle va donc se coucher et met du temps avant de trouver le sommeil.

Au milieu de la nuit, je me réveille en sursaut, sans trop savoir ce qui a pu me déranger. Puis, fouillant le noir du regard, j'entends un grattement. Le bruit provient du passage secret qui conduit à ma chambre! Prise de panique, je cours dans la chambre d'Anne-Marie et je me mets à la secouer sans ménagement. Elle se redresse alors dans son lit en poussant un cri à réveiller les morts.

— Anne-Marie, c'est moi, dis-je avant d'allumer la lumière. J'ai entendu du bruit dans le passage secret!

— C'est Monsieur X! souffle-t-elle. Il est dans la maison! Oh, mon Dieu!

— Monsieur X? Tu le connais, toi aussi?

— Il était chez les Picard, ce soir, confie-t-elle avant de me raconter les événements de la soirée.

Je lui raconte alors mon expérience avec Monsieur X.

— Mais pourquoi tu ne m'as rien dit avant? demande ma demi-sœur.

— Je ne sais pas. Je pense que c'est parce que je voulais être la gardienne parfaite et remporter le concours de la Gardienne du mois.

— Je comprends, fait Anne-Marie en hochant la tête. J'ai d'abord pensé la même chose. Et Marjorie aussi, je crois. Nous avons décidé de ne rien dire à personne, mais peut-être qu'on devrait maintenant. Ça commence à devenir inquiétant.

— Je ne sais pas, dis-je. Il me semble qu'on devrait continuer à garder le silence. Après tout, Monsieur X n'a rien fait de dangereux. Il s'agit probablement d'un mauvais farceur. Je serais plutôt embarrassée si cette personne apprenait qu'elle a réussi à m'effrayer avec ses messages stupides.

— D'accord, acquiesce Anne-Marie. Mais qui a fait les bruits dans le passage ? Crois-tu que c'est Monsieur X ?

— Non, dis-je après avoir réfléchi quelques secondes. Ce ne sont probablement que des écureuils ou quelque chose du genre. Je suis certaine qu'on n'a pas à s'inquiéter.

Néanmoins, je passe le reste de la nuit dans la chambre d'Anne-Marie.

CHAPITRE 10

Vendredi

Vendredi, treize! C'était une nuit sombre et orageuse. Une nuit propice à toutes sortes de péripéties... Et je peux vous dire que j'en ai eu pour mon argent. Mais commençons par le commencement...

Le lendemain de la soirée mouvementée d'Anne-Marie chez les Picard, Christine garde les jeunes Savard. Elle ne sait encore rien des frayeurs qu'ont eues Marjorie et Anne-Marie. Va-t-elle faire la connaissance de Monsieur X, elle aussi ?

Lorsque Christine sort de chez elle, le temps se gâte : le ciel est chargé de gros nuages noirs et le vent s'est levé. Des gouttes de pluie commencent à tomber.

— Bonjour, Christine, dit madame Savard en l'accueillant à la porte. Mon Dieu, fait-elle en jetant un coup d'œil dehors, nous allons avoir un gros orage. Il ne faut pas que j'oublie mon parapluie. Entre, Christine. Ariel fait sa sieste et…

Au même moment, William, neuf ans, surgit dans le vestibule.

— Wow ! Tu as vu le ciel ! Ça fait un peu peur. Je me demande si Mélanie sait qu'il va y avoir de l'orage. Elle a peur du tonnerre.

Ce disant, il part à la recherche de sa sœur. Au moment du départ de monsieur et madame Savard, William a réussi à faire paniquer Mélanie. Celle-ci n'a que sept ans et il est facile de l'effrayer.

— William a dit qu'il va y avoir un gros orage, murmure-t-elle à Christine. Et il dit que lorsqu'il y a un orage un vendredi treize, il arrive des choses terribles !

— William, pourquoi fais-tu peur à ta sœur ? gronde Christine. Le vendredi treize n'est qu'une superstition, ajoute-t-elle en souriant à Mélanie. Et un orage, bien, c'est un orage tout simplement.

Christine avait oublié que c'est un vendredi treize et elle aurait préféré que William ne le lui rappelle pas. Elle n'est pas vraiment superstitieuse, mais…

— Vous savez ce qu'on va faire ? On va bien fermer toutes les fenêtres et s'installer douillettement. L'orage va passer et on ne s'en rendra même pas compte.

— D'accord, répond Mélanie. Mais on va le faire ensemble, parce que j'ai encore peur.

Le trio commence donc à vérifier toutes les fenêtres de la maison qui, soit dit en passant, est immense. Comme ils arrivent au deuxième étage, ils entendent un cri qui leur semble inhumain. Christine m'a confié par la suite qu'elle avait eu tellement peur qu'elle a failli se mordre la langue. Mélanie, qui était déjà agrippée à Christine lui a pratiquement sauté dans les bras.

— Qu…qu'est-ce que c'était ? demande William, pâle comme un linge.

À force de taquiner sa sœur, il a réussi à se faire peur lui-même.

— Je ne sais pas, mais ça venait de là-bas,

répond Christine en désignant le fond du corridor.

— Non, non, gémit Mélanie, essayant de retenir Christine. Je ne veux pas y aller.

Puis, un autre cri se fait entendre et William passe du blanc au rouge.

— Vous savez quoi ? dit-il, l'air gêné. C'est Ariel.

— Je ne l'ai jamais entendue crier comme ça, fait Christine en riant. Je n'aurais jamais pensé qu'un bébé puisse faire un tel son. Hâtant le pas, elle se dirige vers la chambre d'Ariel, espérant que William et Mélanie n'ont pas remarqué à quel point elle était effrayée, ou si c'est le cas, que cela ne les empêchera pas de voter pour elle comme gardienne du mois.

— Ariel crie comme ça depuis que ses dents ont commencé à percer, informe William.

Christine prend le bébé dans ses bras en lui parlant doucement. Ariel cesse instantanément de crier et sourit à Christine.

— Bon, continuons notre vérification des fen…

Boum ! Un fracas de tonnerre résonne au-dessus de leurs têtes. Mélanie pousse un cri et se réfugie sous le lit d'Ariel.

— Ça va aller, Mélanie, la rassure Christine. Le tonnerre ne peut pas te faire mal. Allons à la cuisine préparer du chocolat chaud.

Elle emmène donc les enfants à la cuisine. Après avoir installé Ariel dans sa petite balançoire, elle commence à préparer le chocolat en se disant que la boisson chaude aura un effet apaisant. L'orage se rapproche et Mélanie est extrêmement nerveuse. Christine s'apprête à verser le lait dans une casserole quand un autre coup de tonnerre retentit. Puis, c'est la panne de courant et la maison est plongée dans le noir.

— Oh non, sanglote Mélanie. J'ai peur !

— Houuuu ! fait William. Je suis le fantôme de Barbe-Noire !

— William ! gronde Christine.

Puis elle pense vite. Il faut d'abord calmer Mélanie et trouver une lampe de poche. La maison est vraiment sombre tout d'un coup. Elle a la chair de poule rien qu'à penser que c'est un vendredi treize.

Mais voilà que le courant est rétabli aussi brusquement qu'il avait été coupé. Christine prend Mélanie dans ses bras et la réconforte.

— Tu vois, la lumière est revenue. Tout est sous contrôle.

— Je ne veux pas que les lumières s'éteignent, pleurniche Mélanie.

— Hé, savez-vous jouer à *La maison de ma grand-mère* ? demande Christine. Ça commence quand une première personne dit par exemple : «Je m'en vais chez ma grand-mère et j'apporte des biscuits aux brisures de choco-lat. » La deuxième personne continue en disant : « Je m'en vais chez ma grand-mère et j'apporte des biscuits aux brisures de chocolat… et des pantoufles. Chaque personne doit se rappeler tous les objets que l'on a apportées et les répé-ter avanr d'en ajouter un autre.

— Je sais comment on joue ! dit William. C'est moi qui commence, d'accord ?

— Vas-y, encourage Christine en déposant une tasse de chocolat chaud devant lui.

— Je m'en vais chez ma grand-mère et j'ap-porte un ver visqueux !

— Ouach ! fait Mélanie. Christine, dis-lui qu'il ne peut pas apporter ça.

— Il a le droit d'apporter ce qu'il veut, répond Christine. C'est à ton tour, maintenant. Et tu peux apporter n'importe quoi, ajoute-t-elle en lui donnant son chocolat.

— Je vais chez ma grand-mère et j'apporte un ver visqueux… et un gentil chiot !

— Bravo ! dit Christine en s'assoyant à table. Bon, c'est mon tour. Je vais chez ma grand-mère et j'apporte un ver visqueux, un gentil chiot… et une girafe géante.

Le jeu se poursuit pendant quelque temps et William est en train de réciter la longue liste d'objets quand Christine remarque que l'orage diminue. Le tonnerre n'est plus qu'un faible bruit au loin. Elle pousse un soupir de soulagement. Soudain, la sonnerie du téléphone retentit dans la pièce et la fait sursauter.

— Allô? fait Christine.

Pas de réponse.

— *Allô?* Qui est à l'appareil?

— Oh, chérie, fait une voix féminine. Je m'excuse, je ne t'avais pas entendue. C'est moi, maman.

— Bonsoir, maman! Je peux dire que tu m'as donné la frousse pendant cette fraction de seconde. Qu'est-ce qu'il y a?

— Je voulais juste m'assurer que tout allait bien. Nous avons eu une panne de courant pendant quelques minutes, mais c'est maintenant rétabli. Avez-vous manqué de lumière, vous aussi?

— Oui, mais c'est terminé. Tout va bien. Merci d'avoir appelé.

William est encore en train d'énumérer des objets à apporter à sa « grand-mère » quand Christine raccroche.

— Ça y est, je les ai tous eus! déclare-t-il triomphalement.

— Bravo! dit Christine. Et maintenant savez-vous quelle heure il est?

— L'heure de se coucher, je parie, répond Mélanie.

— Exactement. Je vais m'occuper d'Ariel pendant que vous vous brossez les dents et que vous enfilez votre pyjama.

Lorsqu'elle a mis tout son petit monde au lit, Christine descend s'installer au salon avec le livre qu'elle a apporté. La maison est paisible et Christine rit toute seule en pensant au vendredi treize et aux superstitions qu'elle a entretenues.

Soudain, on sonne à la porte. Christine fige. Qui peut venir à une telle heure? Après un court instant de panique, elle se ressaisit et va voir qui est à la porte. Elle jette d'abord un coup d'œil par la fenêtre pour s'assurer qu'il ne s'agit pas d'un voleur ou de quelque vagabond.

Il n'y a personne. Retenant son souffle, Christine met la chaîne et entrouvre la porte.

— Oh! dit-elle. Vous m'avez fait peur!

C'est monsieur Papadakis, un voisin et aussi un de nos clients. Il s'était penché pour attacher son soulier et c'est pourquoi Christine ne le voyait pas par la fenêtre.

— Bonsoir, Christine. Je ne savais pas que tu gardais ce soir. Je suis seulement venu chercher l'imperméable d'Annie. Elle l'a oublié ici cet après-midi et je crois qu'elle en aura besoin demain matin.

Et c'est ainsi que se termine le vendredi treize de Christine.

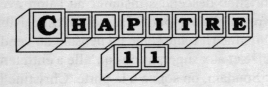

CHAPITRE 11

J'étais tellement gênée ! dit Marjorie, les joues aussi rouges qu'un coquelicot. Je devais être vraiment dans la lune pour appeler madame Vincent « maman ». Incroyable !

— Ça m'est déjà arrivé avec mon enseignante quand j'étais en troisième année, dis-je. Je pensais que j'allais mourir de honte, mais heureusement pour moi, personne d'autre n'avait entendu.

En attendant que notre réunion du lundi commence, nous parlons des moments les plus embarrassants de notre vie.

— Une fois, j'étais entrée dans une autre classe que la mienne, raconte Claudia en riant. Mais le pire, c'est que ça m'a pris dix minutes avant de m'en rendre compte !

— Je pense que j'ai vécu mon moment le plus embarrassant un jour que je magasinais avec ma mère, commence Sophie. J'avais acheté une paire de boucles d'oreilles et en payant, je me suis mise à bavarder avec la vendeuse. Finalement, lorsque nous avons terminé notre conversation, je l'ai saluée et je suis partie sans les boucles d'oreilles! Je ne l'ai réalisé qu'une demi-heure plus tard et j'ai dû retourner au magasin.

— Ciel! fait soudain Christine en désignant le réveil de Claudia. Maintenant, c'est moi qui suis embarrassée. Il est dix-sept heures trente et une et je n'ai pas annoncé l'ouverture de la réunion!

La réunion commence et Sophie perçoit les cotisations. Le téléphone sonne à deux reprises et nous attribuons deux gardes. Puis, nous avons un petit répit.

— Vous savez, je viens de me rappeler qu'il m'est arrivé quelque chose d'embarrassant dernièrement, dit Christine. C'est quand j'ai gardé chez les Savard et que monsieur Papadakis a sonné à la porte. En premier, je ne voyais personne et j'ai failli ne pas ouvrir. Puis quand j'ai réalisé que c'était lui, j'étais tellement troublée. Il a dû me prendre pour une idiote.

— Compte-toi chanceuse! Au moins, ce n'était pas Monsieur X, dis-je sans penser.

Anne-Marie et Marjorie me dévisagent.

— Monsieur X? demande Christine. Qui c'est ça?

— Oh, personne, dis-je.

— Je crois qu'on devrait en parler, déclare Anne-Marie en même temps. Ça ne donne rien de garder le secret à ce sujet.

— Il faut faire quelque chose, ajoute Jessie. J'ai peur qu'il ne se contente pas seulement d'envoyer des messages et des fleurs mortes.

— Mais de quoi s'agit-il au juste? veut savoir Christine.

— Eh bien, je ne voulais pas en parler, confie Sophie, mais j'ai eu des expériences bizarres ces derniers temps. La semaine dernière, alors que je gardais chez les Seguin, j'ai reçu trois appels de quelqu'un qui raccrochait quand je répondais. Et puis jeudi, j'ai reçu ce message, dit-elle en nous montrant une enveloppe.

— Des messages? Des appels anonymes? Mais qu'est-ce qui se passe? demande Christine.

— Tu ne sais vraiment rien? dis-je. Il ne t'est rien arrivé d'étrange lors de tes gardes?

— Non. Je pensais que vendredi dernier, vendredi treize, allait être bizarre. Mais chaque fois que le téléphone et la porte ont sonné, il y avait quelqu'un. Alors, j'aimerais avoir des explications. Ça semble sérieux.

Nous nous mettons donc à raconter nos expériences avec Monsieur X et laissez-moi vous dire que ce personnage devient de plus en plus sinistre avec chaque histoire.

— Je n'en reviens pas ! lance Christine en nous regardant à tour de rôle. Pourquoi n'avez-vous rien dit ? Anne-Marie, je ne peux pas croire que tu ne m'en aies pas parlé lorsque nous sommes allées au centre commercial, l'autre jour.

Anne-Marie fixe ses mains, l'air gêné.

— Je suis désolée, dit-elle d'une petite voix. Je suppose que je ne voulais pas t'inquiéter. Non, en fait, ce n'est pas vrai, ajoute-t-elle après nous avoir regardées. Pour être honnête, si je n'ai rien dit, c'est à cause du concours de la Gardienne du mois. Je ne voulais pas qu'on pense que je ne suis pas une bonne gardienne.

— Anne-Marie ! C'est ridicule ! rétorque Christine. Nous sommes toutes d'excellentes gardiennes. Et de toute façon, vous n'êtes en rien responsables des choses qui vous sont arrivées.

— Je comprends Anne-Marie, dis-je en prenant sa défense. C'est pour la même raison que j'ai gardé le secret sur mes mésaventures avec Monsieur X.

— Je n'en crois pas mes oreilles ! s'exclame

Jessie. On s'était dit qu'il n'y aurait pas de compétition dans notre Club et regardez-nous ! C'était stupide de ne rien dire aux autres. Et si Monsieur X était dangereux ? Quelqu'un aurait pu avoir un accident.

— Eh bien, maintenant, il n'y a plus de secret, déclare Christine. Et il est grand temps de résoudre ce mystère.

— Il y a quelque chose qui me tracasse, dit soudain Claudia qui a eu, elle aussi, une mauvaise expérience. Pourquoi Monsieur X ne s'en est-il pas pris à Christine ? Elle est la seule à ne pas en avoir entendu parler.

— Je suis certaine qu'il me jouera un de ses tours dès qu'il en aura l'occasion, répond Christine en haussant les épaules. Maintenant, je voudrais voir cette note, Sophie. En avez-vous d'autres avec vous ?

L'une des miennes est dans ma poche. Je porte le même pantalon que j'avais lorsque j'ai gardé chez les Robitaille. Je la donne à Christine qui la met à côté de celle de Sophie.

— On va les examiner attentivement, dit Christine. On pourra peut-être découvrir des éléments communs.

Tout en observant Christine étudier les messages, il me vient une pensée pas très charitable à l'esprit. Christine semble très concernée par nos mésaventures avec Monsieur X. Je dis bien « semble » concernée. Est-ce une mise en scène ? En sait-elle plus qu'elle ne le laisse paraître ? Pourquoi n'a-t-elle reçu aucune note de Monsieur X ? Serait-ce... serait-ce parce que Christine et Monsieur X ne font qu'une seule et même personne ?

Je sais qu'elle souhaite ardemment être la première à mériter le titre de Gardienne du mois. Nous aspirons toutes à cet honneur, mais chacun sait que Christine est une redoutable concurrente quand il s'agit de gagner. Et à titre de présidente du CBS, elle pense probablement qu'elle doit remporter ce concours à tout prix.

— Qu'est-ce qu'il y a, Diane ? me demande-t-elle soudain.

Je réalise alors que je devais la dévisager bizarrement pendant que ces terribles pensées se bousculaient dans ma tête.

— Heu... rien, dis-je.

Heureusement, je suis sauvée par la sonnerie du téléphone. Christine me fait un drôle d'air, puis répond. Peu importe qui appelle, je l'en remercie. Je ne vais certainement pas accuser Christine de quoi que ce soit, surtout pas en pleine réunion.

C'est madame Jasmin au téléphone. Elle

veut faire garder Charlotte, vendredi soir. Anne-Marie consulte l'agenda.

— C'est pour toi, Claudia, dit-elle. Toutes les autres sont occupées.

— Super, fait Claudia. J'espère seulement que Monsieur X ne se manifestera pas, dit-elle après avoir rappelé madame Jasmin. Ce mystère me rend nerveuse.

— Je ne te blâme pas, dit Christine. En fait, si on n'était pas aussi occupées cette semaine, on pourrait effectuer les gardes à deux. J'irais avec toi, vendredi soir, si je ne gardais pas Karen et André.

Christine semble vraiment intéressée, et sincère aussi. Je me suis probablement trompée. De toute façon, comment aurait-elle pu se trouver dans notre quartier tous ces soirs ? Je me sens extrêmement mal de l'avoir soupçonnée.

— Je ne trouve aucun indice dans ces messages, déclare Christine. J'aurais aimé voir les autres. Apportez-les à la prochaine réunion, d'accord ? Entre temps, soyons vigilantes.

Je pouffe de rire. Elle me fait penser à un chef de police en train de donner des consignes à ses subalternes.

— Qu'est-ce qui est si drôle ? demande-t-elle.

Je lui dis et tout le monde s'esclaffe. Ça fait

du bien de rire. Ça diminue la tension. Nous avons pris cette affaire très au sérieux. Après tout, de quoi s'agit-il? De quelques appels anonymes et de messages idiots. Le type en question va probablement se lasser de son petit jeu et nous laisser tranquilles.

Nous laissons tomber le sujet et nous recommençons à parler de nos moments les plus embarrassants. Bientôt, nous avons tellement de plaisir que nous avons oublié Monsieur X.

Lorsque la réunion prend fin, nous n'avons pas résolu le mystère de Monsieur X, mais au moins, nous ne sommes plus aussi inquiètes.

CHAPITRE 12

Vendredi

Qui que soit ce Monsieur X, j'aimerais qu'il disparaisse de la surface de la terre. Même s'il n'est ni dangereux ni méchant, c'est une vraie peste. Je voudrais bien qu'il nous fiche la paix!

Ce vendredi, Claudia garde Charlotte Jasmin. Elle est un peu déprimée parce que Sophie, sa meilleure amie, est partie visiter son père, à Toronto. Mais le plus excitant, c'est que monsieur Ménard emmène sa fille à la première d'un film et que Sophie aura probablement l'occasion de rencontrer la vedette du film.

— Le plus beau mâle de toute la planète, marmonne Claudia en lavant la vaisselle du souper. Il y a de quoi être envieuse.

— Quoi? demande Charlotte. De qui parlestu?

— Oh, de rien, répond Claudia en songeant qu'elle devrait arrêter de rêver tout éveillée et accorder son attention à Charlotte.

— Qu'est-ce qu'on fait, maintenant? demande celle-ci. Je m'ennuie.

Elle s'ennuie! Claudia revient brusquement à la réalité. Les enfants qui s'ennuient n'élisent pas leur baby-sitter Gardienne du mois.

— Qu'est-ce que tu as envie de faire?

— Je ne sais pas, se lamente Charlotte.

— Veux-tu jouer au Monopoly? offre Claudia.

Il faut dire que c'est très généreux de sa part. Claudia déteste jouer au Monopoly. Et avec Charlotte, c'est une expérience traumatisante. En effet, celle-ci calcule et pèse le pour et le contre pendant environ dix minutes, ce qui pousse l'autre joueur à bout de patience.

— Je suis fatiguée du Monopoly, déclare Charlotte. C'est ennuyant et je ne gagne jamais.

Claudia est soulagée, mais il lui faut trouver autre chose.

— Qu'est-ce que tu dirais de faire des biscuits?

— Maman dit que je dois couper sur les sucreries, répond Charlotte en fronçant les sourcils. À ma dernière visite chez le dentiste, j'avais deux caries. Regarde, ajoute-t-elle en ouvrant la bouche.

— On pourrrait vérifier s'il y a une émission intéressante à la télévision, suggère Claudia.

Normalement, nous n'avons recours à la télévision qu'en désespoir de cause. Or Claudia est désespérée.

— Je sais déjà ce qui passe à cette heure-ci et ça ne m'intéresse pas.

— Hé! fait soudain Claudia. J'ai failli oublier! J'ai apporté ma trousse à surprises.

— Youppi! crie Charlotte. Où est-elle?

— Dans l'entrée.

Charlotte court chercher la trousse tandis que Claudia reste assise en se demandant pourquoi elle n'y a pas pensé plus tôt.

— Tu l'as redécorée? demande Charlotte en revenant avec la trousse. C'est super beau! J'aime bien les sirènes!

— Merci, dit Claudia. Peut-être qu'une prochaine fois, je pourrai apporter mes peintures et tu pourrais essayer d'en peindre des sirènes.

— Vraiment ? dit Charlotte, les yeux brillants. Si tu faisais ça, je voterais certainement pour t…. Oups ! Je ne suis pas censée parler de ça.

— Ça va, fait Claudia en souriant. Je ne dirai rien à personne. Bon, voyons ce qu'il y a là-dedans, ajoute-t-elle, ouvrant la boîte.

Charlotte, qui est avide de lecture, saute immédiatement sur les livres, laissant de côté les babioles et autres gadgets.

— Oh, un nouveau livre ! s'exclame la petite. Ça montre comment écrire en lettres attachées, dit-elle en feuilletant le livre. Comme on fait à l'école !

— Alors, tu veux t'installer sur le divan pour lire ? dit Claudia. Pendant ce temps, je vais finir mon devoir de maths.

— Oh, non. Il faut que tu lises pour moi. J'adore ça quand on me fait la lecture, et maman est toujours trop occupée.

— D'accord, soupire Claudia, résignée.

Il semble que Charlotte ait l'intention de lui faire *mériter* son vote pour la Gardienne du mois. Elle ouvre donc le livre et commence à lire pendant que Charlotte se blottit contre elle.

Après deux chapitres de lecture à haute voix, Claudia a la gorge irritée.

— Il faut que j'arrête, Charlotte. Je n'ai plus de voix.

— Oh, s'il te plaît, supplie Charlotte. On ne peut pas arrêter maintenant. Je veux savoir ce qui va arriver. Tiens, c'est moi qui vais te faire la lecture, dit-elle en arrachant le livre des mains de Claudia.

La Gardienne du mois laisserait-elle faire une telle chose? se demande Claudia pendant quelques secondes. Puis oubliant le concours, elle écoute sa jeune protégée lui faire la lecture. Charlotte est une excellente lectrice et trébuche rarement sur les mots. Elle lit deux chapitres complets, après quoi elle passe le livre à Claudia en lui disant que c'est maintenant son tour. Elles lisent ainsi à tour de rôle, jusqu'à ce que le téléphone vienne troubler leur tranquillité.

— Zut, fait Claudia qui n'a pas du tout envie de se lever.

— J'y vais, lance Charlotte.

— D'accord, consent Claudia en s'abandonnant au confort du divan. NON! Laisse, je vais répondre, reprend-elle aussitôt en réalisant que c'est peut-être Monsieur X qui fait encore des siennes.

Effectivement, lorsque Claudia répond au téléphone, il n'y a personne au bout du fil. Elle raccroche en fronçant les sourcils. La soirée paisible vient d'être ruinée.

Elle va retrouver Charlotte et poursuit sa lecture. Mais elle a perdu toute sa concentration et bafouille sur des mots que même Charlotte n'a pas de difficulté à lire. Celle-ci la regarde d'un drôle d'air.

— Qu'est-ce qui ne va pas, Claudia? demande-t-elle. C'était qui au téléphone?

— Heu, un faux numéro… Et puis, tout va bien.

Peu convaincue, Charlotte prend doucement le livre des mains de Claudia.

— Je vais continuer à lire, dit-elle gentiment. De toute façon, j'adore te faire la lecture.

Claudia sourit tout en écoutant la petite voix de Charlotte. Qu'elle est mignonne! songe-t-elle.

Soudain, elle est distraite par un bruissement à la porte d'entrée. Quelqu'un rôde autour de la maison. Monsieur X!

Peut-être qu'en agissant rapidement, elle pourra prendre le mauvais farceur sur le fait. Sans même s'arrêter pour penser à la sagesse de son plan, elle se lève brusquement et s'élance vers la porte.

— Claudia, qu'est-ce que…

Mais Claudia n'entend rien.

— Ha, ha! dit-elle en ouvrant la porte toute grande.

Personne. Pas de message et pas de fleurs mortes, non plus. Cependant, il y a *quelque chose* sur le perron. Mais qu'est-ce que c'est que cette matière gluante répandue partout? On dirait du vomi, pense Claudia. Elle allume la lumière du vestibule et regarde de plus près.

— Ouach! fait-elle. Des fèves au lard!

Un petit malin a répandu quelques conserves de fèves au lard sur le balcon et les marches. Claudia émet un grognement. Cet épisode risque-t-il de lui coûter des votes au concours de la Gardienne du mois? Non, pourvu que Charlotte ne s'aperçoive de rien.

Mais celle-ci arrive justement derrière Claudia et se penche pour regarder dehors.

— Ouach! Qu'est-ce que c'est ça? C'est vraiment dégoûtant!

Quelle explication donner? Claudia ne peut toujours pas dire à Charlotte que ce dégât est le fruit de son imagination. Tout en évitant de mentionner Monsieur X, elle tente alors de minimiser l'incident en disant que c'est sans doute l'œuvre de mauvais plaisantins. Charlotte convient qu'il n'est pas nécessaire de rapporter la chose à ses parents et s'empresse d'aider Claudia à tout nettoyer à l'aide du boyau d'arrosage.

Tout en rinçant le perron, Claudia pense à Monsieur X. Elle n'est pas effrayée par ce qui vient de se passer, mais elle est certainement contrariée de devoir nettoyer les dégâts de ce gêneur. Tout allait si bien avant qu'il se manifeste. Y aurait-il un lien entre le concours et les agissements de Monsieur X? Si oui, comment ces faits pourraient-ils être reliés? Et pourquoi?

CHAPITRE 13

Le mardi suivant, je suis un peu déprimée en me rendant chez les Mainville. Une fin de semaine et une réunion plus tard, le CBS n'est toujours pas en mesure de résoudre le mystère de Monsieur X. Nous n'avons ni indice, ni suspect. Et alors que nous nous efforçons de faire un travail de gardienne exemplaire, Monsieur X nous rend la tâche impossible.

Néanmoins, j'ai bien l'intention d'oublier Monsieur X et de veiller à ce que Jonathan et Laurence passent un bel après-midi. Pas tellement parce que je veux gagner le concours de la Gardienne du mois, mais parce que ces enfants méritent toute mon attention.

Lorsque je sonne chez les Mainville, Jonathan vient m'ouvrir et commence tout de suite à me parler de son nouveau G.I. Jœ. Laurence pleure parce qu'elle a besoin d'être changée et que c'est l'heure de son biberon et madame Mainville s'excuse en me disant qu'elle est en retard et qu'elle doit se sauver. Du coup, j'oublie Monsieur X.

J'admire le G.I. Jœ de Jonathan puis je change la couche de Laurence. Je fais ensuite chauffer son biberon et je prépare une petite collation pour son frère.

J'aime beaucoup garder Jonathan. Il a quatre ans et commence à découvrir le monde, ce qui le rend curieux et débordant d'enthousiasme. De plus, il est très affectueux et adore sa petite sœur. Il faut dire que ce n'est pas difficile d'aimer Laurence. Elle est mignonne comme tout et a vite appris qu'elle peut tout obtenir avec un sourire.

— Tu sais quoi ? demande Jonathan, pendant que je range la cuisine après le goûter. Hier, je n'ai pas pu aller à la prématernelle.

— Vraiment ? dis-je, sachant qu'il y a été parce que madame Mainville l'a mentionné lorsqu'elle a appelé pour réserver une gardienne.

Je sais également que pour Jonathan, tout le passé récent, c'est « hier » et que le futur, c'est « demain ». Je suppose donc qu'il parle de la semaine précédente lorsqu'il avait le rhume.

— Est-ce que tu étais malade ?

— J'étais *très, très* malade, me dit-il, les yeux ronds comme des soucoupes.

— As-tu vomi ?

Quand on est enfant, la pire maladie qu'on puisse avoir, c'est une indigestion.

— Non, mais j'avais mal au cœur, par exem.-ple.

— Mais maintenant, tu es guéri, n'est-ce pas, et prêt à t'amuser ?

— Ouais ! crie-t-il en sautant en bas de sa chaise. Allez, Laurence-la-grenouille ! Finis vite ton biberon pour qu'on puisse aller jouer.

Celle-ci lui fait un joli sourire et laisse tomber son biberon au sol.

— Je crois qu'elle a terminé, dis-je en prenant Laurence dans mes bras. Alors, Jonathan, si on allait jouer sur ta balançoire dans la cour ?

— Ouais ! fait Jonathan. Heu, est-ce qu'on pourrait jouer en avant, à la place ? demande-t-il brusquement.

— Bien sûr, dis-je. C'est comme tu veux. Qu'est-ce qu'on va faire ?

— J'ai besoin de m'exercer à attraper la balle. Peux-tu m'aider ? Quand la saison de balle molle va reprendre, je veux être le meilleur receveur des Cogneurs de Christine.

Les Cogneurs, c'est le nom de l'équipe de balle molle que Christine dirige. Jonathan compte parmi les plus jeunes de l'équipe et je sais qu'il a peur de la balle.

— Je vais t'aider avec plaisir, dis-je. À condition que Laurence accepte de rester dans sa poussette et de nous regarder.

Je sais qu'il n'y aura pas de problème, car elle adore surveiller les ébats de son frère.

— Super ! s'exclame Jonathan. Je vais chercher ma balle et mon gant.

— Hé, un instant, dis-je soudain inspirée. J'ai quelque chose dans ma trousse à surprises qu'on pourrait utiliser à la place de la balle molle.

Je vais fouiller dans ma trousse et j'y trouve la vieille balle en caoutchouc mousse de Julien. Si on l'utilise pour l'entraînement, Jonathan réussira peut-être à surmonter sa peur de la balle. Après tout, on ne peut pas se blesser avec du caoutchouc mousse.

Nous sortons et j'installe Laurence dans sa poussette avec quelques jouets. Ensuite, je lance la balle à Jonathan. Je lui en lance des hautes, des basses, des fortes et il fait de son mieux pour les attraper.

— Tu sais, lui dis-je après une vingtaine de lancers, tu t'améliores vraiment quand tu ne crains pas la balle.

— Je sais, répond-il. Je n'ai pas peur de cette vieille balle. Alors, quand je jouerai une vraie partie, je ferai comme si la balle était en caoutchouc mousse !

— Tu as compris le truc, dis-je, heureuse que mon idée ait permis à Jonathan de tirer quelque chose de cet entraînement. Maintenant, que dirais-tu d'une petite pause ? On pourrait emmener Laurence en promenade. Je pense qu'elle commence à trouver le temps long.

— Oh, oui ! s'exclame Jonathan. Est-ce que je peux pousser la pouss… Oh, non, j'y pense, on ne peut pas aller se promener. On est supposés rester autour jusqu'à ce que Michel vienne à la maison.

— Michel ?

— Oups, fait Jonathan en mettant la main sur sa bouche. Il ne fallait pas le dire. Oublie ça.

— Jonathan, dis-je avec fermeté, pourquoi Michel vient-il ici ?

— Il… il te surveille en secret. Il a dit que c'est pour le concours. Il m'a dit que ça l'aiderait beaucoup si on restait à la maison. Tu vas peut-être gagner, Diane, ajoute-t-il en me regardant avec un large sourire. Tu es une super gardienne.

— Merci, dis-je en souriant.

M'efforçant de ne rien laisser paraître, je réfléchis à ce que vient de me confier Jonathan. Michel Thouin qui surveille secrètement le travail des gardiennes ? Bizarre, bizarre. Ne me demandez pas pourquoi, mais la lumière se fait tout à coup. Michel Thouin est Monsieur X.

Cependant, je ne comprends pas pour quel motif Michel a entrepris de harceler les baby-sitters. Qu'est-ce qui aurait bien pu l'inciter à nous envoyer des notes de menaces et à faire des appels anonymes ? Ça n'a aucun sens. Pourtant, je suis certaine que si je ne m'éloigne pas de la maison, quelque chose va se produire et me donner raison.

— D'accord, dis-je. Ne t'en fais pas, Jonathan, je ne dévoilerai pas ton secret. Alors oublions cette promenade. De toute façon, je crois que Laurence est prête à faire sa sieste.

En effet, celle-ci se frotte les yeux et bâille à s'en décrocher la mâchoire. Aidée de Jonathan, je ramasse les jouets qu'elle a éparpillés un peu partout et nous rentrons. Jonathan s'installe dans la salle de jeu avec un casse-tête de dinosaure tandis que je monte coucher Laurence. Je vais ensuite retrouver Jonathan qui se concentre sur son casse-tête.

Comme il ne veut pas d'aide, je m'assois en face de lui et je repense à Michel Thouin. Ce Monsieur X n'est-il réellement qu'une plaisanterie de mauvais goût ? Pourquoi s'en prend-il à nous, les baby-sitters ? Il manque beaucoup d'éléments à *mon* casse-tête.

Soudain, la sonnette de l'entrée retentit.

Aha ! J'ai l'impression que ce n'est pas la représentante Avon, si vous voyez ce que je veux dire. Je me précipite à la porte, espérant prendre Monsieur X sur le fait, mais il faut croire qu'il est plus rapide que moi. Lorsque j'ouvre la porte, il n'y a personne. Personne, sauf la poupée de Laurence. Mais la pauvre poupée n'a plus de tête !

— Ouach ! dis-je, incapable de me retenir.

— Qu'est-ce qu'il y a ? demande Jonathan derrière moi.

— Retourne dans la salle de jeu, j'en ai pour une minute.

— Mais j'ai terminé mon casse-tête !

— Ah oui ? Eh bien, va choisir un livre pour que je puisse te faire la lecture.

Jonathan obéit et je profite de ce moment pour courir jusqu'à l'arrière de la maison dans l'espoir de trouver la tête de la poupée. Malheureusement, elle n'est pas là.

Je passe le reste de l'après-midi à essayer de distraire Jonathan pour pouvoir chercher cette fameuse tête, mais sans succès. Tout ce que j'arrive à faire, c'est de frustrer Jonathan et me frustrer moi-même davantage. Je finis par fourrer discrètement la poupée au fond du coffre à jouets, espérant que madame Mainville ne remarquera pas sa disparition.

Lorsque je rentre chez moi, je monte directement à la chambre d'Anne-Marie et je lui raconte ce que Jonathan m'a dit au sujet de Michel. Ensuite, je lui fais part de l'affaire de la poupée.

— Alors, tu vois bien que Michel est notre Monsieur X ! dis-je en conclusion.

— Je n'en suis pas si certaine, dit Anne-Marie. Mais je pense que tes soupçons sont fondés. Il faut dresser un plan afin de prendre Michel en flagrant délit, avec des témoins. Alors là, on en aura la certitude.

— Tu as raison. Il faut un plan d'attaque.

Nous réfléchissons pendant quelques minutes, puis au même moment, nous avons la même idée.

— On va appeler Christine !

En entendant mon histoire, Christine est tout excitée. Comme je m'en veux de l'avoir soupçonnée d'être Monsieur X ! Elle déclare que la réunion de demain sera une réunion d'urgence et que le seul point à l'ordre du jour sera l'élaboration d'un plan en vue de surprendre Michel. Les jours de Monsieur X sont comptés !

CHAPITRE 14

La réunion d'urgence est extrêmement fructueuse. Nous élaborons un plan infaillible qui nous permettra de prendre Monsieur X la main dans le sac.

Et pour une fois, l'idée géniale n'est pas de Christine, mais de moi. Ensemble, nous l'avons examinée à fond et samedi soir, nous sommes fin prêtes.

Mine de rien, je répands la nouvelle que je garde un de mes cousins samedi soir. Selon le scénario, ce cousin est en visite chez moi et il a été convenu que je m'en occuperais pendant que ma mère et Richard sortent avec les parents du prétendu cousin. On me croira donc seule à la maison car Anne-Marie est censée garder à l'autre bout de la ville. Je parle de cet engagement à beaucoup, beaucoup de monde pour être certaine que Michel l'apprendra d'une manière ou d'une autre.

Voyez-vous, je sais que Michel connaît le passage secret qu'il y a dans ma maison. En fait, *tous* les enfants du voisinage le connaissent et trouvent cela absolument fantastique. J'ai le pressentiment que Michel va utiliser ce passage secret pour me faire une peur bleue. Je me demande même s'il n'a pas déjà essayé de le faire la nuit où Anne-Marie était revenue de chez les Picard. Il n'y a aucun doute, j'ai vraiment entendu des bruits étranges ce soir-là. Cependant, je ne suis pas sûre que c'était Michel, car il était tout de même assez tard dans la soirée.

Quoi qu'il en soit, si Michel fait ce qui est prévu, il va entrer dans le passage par la grange. Et une fois entré, il sera pris au piège !

Maman et Richard quittent la maison vers dix-neuf heures trente. À dix-neuf heures quarante-cinq, on frappe à la porte d'en arrière.

— Anne-Marie, dis-je à voix basse, va ouvrir.

Naturellement, vous avez déjà compris que sa garde à l'autre bout de la ville n'était qu'un stratagème pour mettre Monsieur X en confiance. Anne-Marie ouvre la porte et fait entrer Christine, Claudia, Sophie, Jessie et Marjorie, lesquelles sont toutes prises de fou rire.

— Hé les filles, calmez-vous ! C'est sérieux, dis-je.

Mais je ne réussis qu'à amplifier la rigolade et avant même de m'en rendre compte, je suis gagnée par l'hilarité de mes amies. Enfin, au bout de quelques minutes, nous réussissons à nous calmer. Nous nous assoyons autour de la table pour une dernière révision de notre stratégie.

— Bon, chacune sait ce qu'elle a à faire ? demandé-je.

Mes amies hochent la tête.

— D'accord. Vérifions maintenant tous les points de l'opération, dis-je en prenant ma liste de choses à exécuter.

Au même moment, Sophie se met à rigoler.

— Je m'excuse, dit-elle. Mais tu me fais penser à un général en train de planifier la guerre du Golfe ! Tous ces préparatifs pour surprendre le petit Michel Thouin !

— Personnellement, je trouve que Diane fait un excellent travail, rétorque Christine avant que je puisse dire quoi que ce soit. Toute opération réussie demande de la planification.

— En effet, dit Claudia. Et nous devons absolument réussir. Je ne veux pas que cette petite peste ait l'occasion de nous jouer un autre de ses sales tours. Je veux assister à la capture de Michel !

— Et si ce n'est pas lui ? remarque Anne-Marie. Nous n'avons aucune preuve. Je me sens mal de l'avoir déjà condamné. C'est comme s'il avait été déclaré coupable sans aucune forme de procès.

— Anne-Marie, dis-je avec patience, nous en avons déjà parlé, tu te souviens ? Peu importe si ce n'est pas Michel. Grâce à notre plan, nous allons prendre Monsieur X sur le fait, qui qu'il soit. Ça peut être Michel ou n'importe qui d'autre. C'est peut-être la reine d'Angleterre !

— La reine d'Angleterre ! répète Claudia. Je doute qu'elle se promène clandestinement dans Nouville pour sonner aux portes.

— En effet, ajoute Marjorie. Lady Di peut-être, mais sûrement pas la reine !

À ces mots, nous éclatons de rire une fois de plus. Mais avant que le rire ne s'amplifie, j'agite ma liste sous leurs yeux.

— Un peu de sérieux, les filles. Qui fait partie de l'escouade de la grange ?

— L'escouade de la grange ? répète Anne-Marie. Heu, c'est Christine, Sophie et moi, n'est-ce pas ?

— Exact. Maintenant, revoyons les signaux. Qu'est-ce que vous devrez faire quand je hocherai la tête ?

— Nous devrons nous rendre à la grange, répond Anne-Marie.

— Parfait. Passons maintenant à la vérification de l'équipement. Lampes de poche ?

— O.K., fait Christine.

— Polaroïd ?

— O.K., répond Sophie.

— Film ?

— O.K., dit Anne-Marie.

— Bon, vous pouvez mettre le film dans l'appareil. Maintenant, l'équipe interne. Tout le monde est prêt ?

— Prête, répond Jessie.

— Prête, dit Marjorie.

— Prête, dit Claudia. Et l'appareil photo de notre équipe est déjà chargé.

Vu le nombre de témoins, nous ne savons pas si les photos sont vraiment nécessaires. Toutefois, nous pensons qu'un petit instantané de Monsieur X en pleine action constituera une preuve irréfutable. Une image ne vaut-elle pas mille mots ?

— Je crois que tout est en place, dis-je.

J'aurais aimé que ma liste de contrôle soit plus longue. Je m'aperçois qu'être aux commandes a son petit côté plaisant. Pas étonnant que Christine adore être présidente. Par ailleurs, je ne voudrais pas avoir ce genre de reponsabilités tout le temps.

— Qu'est-ce qu'on fait, maintenant ? demande Jessie.

— On attend. Je suis sûre que Monsieur X va se manifester d'ici quelques minutes.

Quelques minutes? Rien ne se passe pendant près d'une heure. Au début, nous bavardons de toutes sortes de choses. Puis, lorsque nous avons épuisé les sujets de conversation, nous attendons la venue de Monsieur X en silence.

Heureusement, car son arrivée passe presque inaperçue tellement il opère avec discrétion. J'ai bien failli ne pas l'entendre. Mais il est là. On perçoit un bruit de pas dans le passage secret à l'endroit où il longe la cuisine. Mettant un doigt sur ma bouche, je montre le mur en levant les sourcils. Puis je sors de la cuisine sur la pointe des pieds, suivie de mes amies. En file indienne, nous montons à ma chambre sans faire de bruit. Personne n'est prise de fou rire, personne ne trébuche. Je suis fière de nous.

Quand nous arrivons dans ma chambre, Monsieur X a déjà commencé sa mise en scène. Criche, *criche! Oouuuuuuu!* fait-il en grattant le mur avec ses ongles et en gémissant comme une âme en peine.

C'est plutôt drôle jusqu'à ce que je réalise que si j'avais été seule dans la maison, je serais morte de frayeur. Cette pensée suffit pour ranimer ma colère. Il est temps de passer à l'action. Je regarde Anne-Marie, Sophie et Christine et je hoche la tête. Hochant la tête à leur tour, elles sortent silencieusement de la chambre.

Je jette un œil sur ma montre. Avec Anne-Marie, nous avons déjà minuté le trajet entre ma chambre et la grange. Cela prend environ deux minutes et demie. J'attends trois minutes, puis je lance un regard à mes trois compagnes.

— Prêtes? dis-je en bougeant mes lèvres sans émettre de son.

Mes amies font signe que oui. Sans attendre davantage, j'ouvre brusquement la porte du passage secret.

— AHA! crions-nous, Claudia, Jessie, Marjorie et moi.

Michel Thouin me dévisage, les yeux écarquillés. Il a l'air complètement terrifié. Pendant une fraction de seconde, je pense qu'il va se mettre à pleurer. Mais non. Il pivote sur lui-même et rebrousse chemin en courant. J'entre à mon tour dans le passage pour écouter ce qui se passe à l'autre bout. Je n'ai pas à attendre long-temps. Le cri de la seconde escouade me parvient depuis l'autre extrémité du passage.

— AHA!

Nous dégringolons l'escalier et nous nous retrouvons toutes dans la cuisine, avec Michel au milieu. Personne n'a pensé à prendre de photo, mais qu'importe. Michel est sans contre-dit le coupable.

— Je n'ai rien fait! clame-t-il avec colère. Je voulais juste…

— Tu voulais juste quoi? dis-je.

Michel réfléchit pendant quelques secondes, mais il est incapable de trouver une explication pour justifier sa présence dans le passage secret. Il se mord les lèvres et je vois des larmes couler sur ses joues.

J'avais prévu lui dire ma façon de penser, mais en le voyant pleurer, ma colère s'évanouit. Il n'a rien d'un malfaiteur endurci. Ce n'est qu'un petit garçon au visage strié de larmes, avec un trou dans son jean.

Je m'approche et je m'agenouille devant lui.

— Ça va, Michel. C'est fini, maintenant, dis-je en lui ouvrant mes bras. Ça va.

Il hésite quelques secondes, puis s'y jette en toute confiance. Je le serre très fort contre moi.

CHAPITRE 15

Ça alors ! *La capture de Monsieur X*. Voilà qui aurait fait un bon film. Cependant, la fin n'est pas des plus enlevantes. Lorsque Michel finit par sécher ses larmes, Christine et moi le raccompagnons chez lui. En chemin, il confesse tout.

Enfin, pas tout. Il prétend ne rien savoir de la souris morte trouvée sur le balcon des Picard.

— Ouach ! fait-il. J'aime bien les souris vivantes, mais je n'en toucherais pas une morte !

Il nie aussi avoir été dans le passage secret ce soir-là.

Christine et moi n'insistons pas et nous sommes gentilles avec lui. Nous nous disons qu'il s'agit en fait d'un petit garçon perturbé qui a surtout besoin d'aide. Il est très conscient d'avoir mal agi.

— Michel, pourquoi as-tu fait ça ? dis-je

lorsque nous sommes presque arrivés chez lui.

— Parce que je me suis fait punir à cause de vous, avoue-t-il, les yeux pleins d'eau.

— Qu'est-ce que tu veux dire ?

— Madame Hobart a appelé mes parents pour leur dire que la gardienne lui avait rapporté que je traitais ses enfants de toutes sortes de noms. Et après ? C'est pas la fin du monde. Et ça ne regarde personne.

— Minute, papillon ! s'exclame Christine. C'est sérieux, tu sais. Tu dois apprendre à respecter les gens qui sont différents de toi et cesser de les harceler.

— C'est ce que mon père a dit. Lui et ma mère étaient vraiment en colère. Ils m'ont mis en pénitence pour deux mois.

— Et tu sortais en cachette pour jouer les Monsieur X ? dis-je. Maintenant, tu vas avoir encore plus d'ennuis.

— Je sais, mais ce concours de la Gardienne du mois était la plus belle chance de me venger. C'était vraiment facile de savoir où vous gardiez. Les autres enfants étaient contents de me le dire parce qu'ils pensaient que ça aiderait leur gardienne préférée à gagner le concours. Mais maintenant, je suis vraiment dans le pétrin. Maman a dit que si je ne changeais pas d'attitude, il faudrait que je voie un pys… un pyschro…

— Tu veux dire un psychologue ? fait Christine. Tu sais, Michel, ça ne serait pas une mauvaise idée. Le psychologue est un médecin qui t'aide à comprendre pourquoi tu es parfois triste ou en colère et il t'apprend à te sentir mieux.

Je souris à Christine. Elle a su trouver les mots qu'il fallait.

— C'est vrai ? demande Michel, les yeux pleins d'espoir. Je pensais que le pys... que le médecin allait me punir.

Pauvre Michel. Il a l'air d'un gamin effrayé qui ne sait pas comment réagir face à la colère. Et lorsque nous sonnons chez lui, il devient encore plus nerveux.

Au début, ses parents sont fâchés, puis ils se calment peu à peu. Lorsque nous leur expliquons la situation, ils le serrent tour à tour dans leurs bras.

— Oh, Michel ! Tu te sens vraiment mal dans ta peau, n'est-ce pas ? dit sa mère. Je crois qu'il est grand temps d'avoir une bonne conversation.

Alors qu'elle l'entraîne doucement vers le canapé du salon, il se retourne et nous adresse un sourire mêlé de chagrin. Monsieur Thouin nous raccompagne ensuite jusque chez moi.

— Michel a de gros problèmes, ces derniers temps, nous confie-t-il. Nous ne savons plus quoi faire pour l'aider. Ma femme a entendu parler d'un psychologue qui accomplit des merveilles auprès des enfants. Je vais l'appeler et prendre un rendez-vous dès lundi matin. Michel trouvera peut-être l'aide dont il a tant besoin.

— Michel n'est pas méchant, dis-je. Il ne taquine pas les gens dans l'intention de leur faire du mal. Je suis certaine que tout va s'arranger.

Devant chez moi, monsieur Thouin nous quitte mais, avant de rentrer, je me tourne vers Christine.

— Christine, je dois t'avouer quelque chose. Pendant un petit moment, j'ai cru que c'était toi Monsieur X.

— Quoi? s'exclame Christine. Pourquoi aurais-je fait une telle chose? Oh, à cause du concours, n'est-ce pas? dit-elle avant que je puisse répondre.

— Oui. Christine, je suis vraiment désol...

— Ne t'en fais pas avec ça, dit-elle. Je parie que les autres aussi ont pensé comme toi. C'était effectivement étrange que Monsieur X ne m'ait pas importunée.

— Maintenant, nous savons pourquoi, dis-je. Michel était incapable de se rendre dans ton quartier par ses propres moyens. Et comme c'est là que tu as gardé dernièrement...

Ce soir, nous fêtons la capture de Monsieur X

par une pyjamade chez moi. Lorsque nous arrivons, Christine et moi, les autres ont déjà commandé la pizza. Nous avons juste le temps de leur raconter comment ça s'est passé chez Michel et la pizza arrive.

Assises autour de la table, nous nous en servons chacune une bonne pointe.

— Je propose un toast, dis-je sans leur laisser le temps de prendre une bouchée. Aux membres du CBS, les meilleures détectives de Nouville !

— Et à Monsieur X, ajoute Christine. Puisse-t-il devenir heureux !

Le lundi suivant, la réunion du Club est commencée depuis une quinzaine de minutes quand on frappe à la porte de la chambre de Claudia.

— Qui est là ? demande Christine.

Une explosion de fous rires lui répond. J'ouvre la porte et je tombe sur une bande d'enfants qui me regardent d'un air espiègle. Il y a Jonathan Mainville, Nicolas Picard, Charlotte et Becca. Et David et Jérôme Robitaille. Les triplets montent l'escalier. Même Zachary Lafleur est là.

Les autres membres du CBS se sont levées, intriguées, et font cercle autour de moi.

— Qu'est-ce que vous mijotez? demande Christine.

— On est venus vous dire qui a gagné le concours de la Gardienne du mois, annonce Bernard.

Le concours! Nous l'avions complètement oublié! La capture de Monsieur X nous préoccupait davantage.

— Michel a essayé de tout gâcher, mais nous avons décidé de voter quand même, ajoute Antoine. Et nous savions que vous voudriez connaître les résultats tout de suite.

— Alors? demande Christine. Qui a gagné?

— Oui, qui a gagné? dis-je.

Je peux presque sentir les autres membres du CBS retenir leur souffle. Soudain, j'ai un désir fou de gagner ce concours.

— Eh bien, nous avons voté pour notre gardienne préférée, commence Nicolas. Et vous savez quoi? Ça s'est terminé à égalité!

— À égalité? Entre qui? dis-je.

Christine est sûrement la gagnante. Mais qui est l'autre?

— *Toutes* les baby-sitters ont chacune le même nombre de voix! crie Jérôme.

— Les sept membres du Club des baby-sitters! hurle Joël.

— Vous êtes *toutes* nos gardiennes préférées! clament Charlotte et Becca.

Je jette un regard vers mes amies. Anne-Marie a évidemment les yeux pleins d'eau, mais toutes les autres ont le sourire fendu jusqu'aux oreilles.

— Félicitations ! dis-je. Et bravo pour *les* gardiennes du mois !

Quelques notes sur l'auteure

Pendant son adolescence, ANN M. MARTIN a gardé beaucoup d'enfants, à Princeton, au New Jersey. Maintenant, elle ne garde plus que Mouse, son chat, qui vit avec elle dans son appartement de Manhattan, dans le centre de New York.

Elle a publié plusieurs autres livres dans la collection *Le Club des baby-sitters*.

Elle a été directrice de publication de livres pour enfants, après avoir obtenu son diplôme du Smith College.

Résumés des autres livres
de cette collection

#1 SOPHIE ET LA BAGUE DISPARUE

Sophie est bouleversée lorsque de nouveaux clients l'accusent d'avoir volé une bague de grande valeur alors qu'elle gardait chez eux.

La réputation des Baby-sitters est-elle ternie à jamais? Mais Sophie n'a pas dit son dernier mot. Elle doit découvrir ce qu'il est advenu de cette bague!

#3 MARJORIE ET FANTÔMAS

Un soir, alors qu'elle garde chez les Cormier, Marjorie entend des miaulements. Mais les Cormier ne possèdent aucun animal. Marjorie et les fillettes se mettent donc à explorer la maison.

À qui ou à quoi appartiennent les miaulements bizarres qui viennent de là-haut, dans le grenier?

#4 CHRISTINE ET L'ENFANT PERDU

Christine n'arrive pas à croire que le petit Jacques Cadieux, qui fait partie de son équipe de balle molle, a disparu.

Parce qu'elle est la dernière à l'avoir vu et se sent un peu responsable, Christine organise une battue pour aider la police à retrouver l'enfant perdu.

ACHEVÉ D'IMPRIMER
EN FÉVRIER 1994
SUR LES PRESSES DE
PAYETTE & SIMMS INC.
À SAINT-LAMBERT, P.Q.